積風集

再版序

二〇二三年八月，仍在愛爾蘭留學某天，收到題為「《積風集》續約事宜」的電郵：「過去與你簽訂之合約將屆十年。不知你會否希望與我們再多簽十年合約呢？」沒想過我這第一本書還有下文。出版社有意再版，問我意見。我虛榮心不小，第一下倒不肯定有否必要，問朋友。林兆榮極快回覆，依舊出其不意：「戴思聰！」

比擬不倫，年代錯置，卻反面點出了一些甚麼。我問，當年跟戴思聰簽長約的究竟是陳曉東抑或鄭嘉穎，當然也忘記爭議為何。但回想起來，《積風集》出版的年代，早已過了全城娛樂至死的所謂美好時代，反而都在想新出路，充滿想像，也危機四伏。

書中文章由二〇〇九寫到二〇一三。那幾年，有一場筆戰我印象最深，始於當年屬「普選聯」的陳健民一篇〈不安世代與威瑪文化〉，用德國威瑪共和的社會和文化動盪引來納粹主義，告誡香港激進青年和思想導師。馬國明幾日後撰文回應，形容陳健民文章十分粗疏，「把威瑪共和國的種種問題歸咎於青年人的躁動和不安更完全是捉錯用神」，然後細述德國史，由統一說到羅莎盧森堡的思想：「威瑪共和國的種種問題完全出自德國社會民主黨裏那些『秦始皇也要溝通』的政客們違背原則，只有計算的政治舉動，陳健民卻硬要扯到青年人身上。」

陳建民再回應，先說德國，最後回到香港：「最少我認為目前最重要的是打造民主制度，其他都是後話。」後來黃國鉅加入戰團，大家都不客氣，討論卻很健康，而今回看，想起維爾吉（Virgil）在史詩《艾尼亞斯紀》（*Aeneid*）說："Perhaps one day it will give us pleasure to remember even these things." 物換星移，餘下的都是歷史。

《積風集》是我寫書的源頭。二〇一九年五月，在見山書店跟為《積風三集》寫序的好朋友康廷和蘇珏做講座，才首次講自己的書。那朝天色不好，見山 Sharon 卻早已在店外搭好帳篷，掛了一串燈泡，茶壺旁的精緻玻璃盤上還放著幾件平民光酥餅，是微妙的平衡，細心得來帶點隨意，風雨中自有安樂。一切都非必然。

往事隨風，卻因書、討論、場景而積住了幾笛風。從愛爾蘭回港後不久，遇上十號風球，友人說有隻黑貓跟母親失散，最後輾轉來到我家，便索性取名「颱風」。有天為寫這序，拿出紙泛霉黃、爬滿斑點的《積風集》，颱風在旁經過。哈，原來如此。

二〇二四年一月一日於香港九龍城

自序

這幾年，大概一月一篇在報紙寫文章，戰戰兢兢，唯恐有失。副刊的文藝版面已經那麼稀罕，寫不好就更浪費僅有的空間。

常常覺得香港臥虎藏龍，只是高人大概不願給報紙的方寸所囿，也不輕易隨便出手。但報紙副刊既未完全式微，還是需要有人來寫的。一個城市能有幾份好的副刊，有助維持其人文氣息，引發思考與討論。最初便想，若能填補空檔，在這位置出力，總算沒白費所學。

我慶幸一早發現自己不是個才華洋溢的人，比較適合寫評論。這絕無貶低評論的意思，但可以有所依傍地説自己的話，猶如有中生有，感覺份外安穩。平日興趣既然是讀書和看電影，能為文學和電影寫文章，簡直是福份。

這令我想到「眼光」一詞。跟常識相反，與折射無關，眼才是光的來源，熌熌如電筒一般，在漆黑之中，照遍視線所及之物，逐一將之變得明白起來。厲害的人都有這種眼光，或因其性情，或以其學問，更可能是因為情理兼備，照見人所不能見。如果他是作家，便能寫出好的書；如果他是導演，就會拍出精彩的電影。但具備這種眼光和洞見的人，畢竟只屬少數。自己沒眼光也不要緊，評論和引介，有時就像拍拍正在夜深趕路的人，然後把手向上一指，提示他們頭上的一片天空，原來點點發亮。若能如此，最少沒把書和電影白看，只是眼光光。

寫了幾年，發現學識只限我每月寫一至兩篇，要急也急不來，便繼續慢慢看，慢慢寫。這就連到書題《積風集》了。是二〇〇五年得悉可升讀研究院的那個晚上。下午收到取錄通知，因為有人退出，多了個空位，才有頂替的機會。一方面當然欣慰，前路的悵惘暫時告一段落，不用再等待獎學金的消息了，也不用上網找工作謀後路了。但很奇怪，另一方面又有種說不出的鬱悶。總覺得僥倖得逞，好像騙了誰似的，心裡一直不舒服。

只記得那晚回家後看電視直至深宵，雖然我討厭看電視。三時許吧，家人都睡了，便拿著電話靜靜走出家門，打電話給我最敬重的老師佘汝豐先生，他通常清早才睡。家住井字形屋邨，撥了號碼，便憑欄對著天井，用另一邊的耳朵聽著零星的鐵柵開闔，都沒留神是有人夜歸，還是大風吹過搖醒鐵柵。電話接通，勉力壓抑聲線的顫震，跟老師說了情況。他回答的聲音低沉得很，字字入心：

「『風之積也不厚，則其負大翼也無力。』讀書是一生一世的。」

已忘了那次通話如何收結。但從此，莊子這句話於我就特別深刻。那明明是荀子的真積力久則入，孟子的盈科後進，負翼要積風。弔詭的是，天地之間，風偏偏最不願暫留，一去無蹤。這也真如學習，總不知多少留下，多少流走；不肯定在面前吹過的風，最後會遺下幾多痕跡。

這書可算是積風的寫照。第一和二部是書話，分為「這裏的書」和「那裏的書」。第三部「發光的電影」，寫的多是不只在螢幕發光，更在心中發光的電影。書中文章有幾篇寫在《信報》和《字花》，其餘全都寫在《明報》〈星期日生活〉。我感謝曾經合作的所有編輯，尤其是〈星期日生活〉的主編黎佩芬小姐，至今素未謀面，卻一直對我充滿信任，容許我在這求快求新的社會氣氛底下，寫了那麼多舊戲舊書。

去年三月，樊善標老師問我有否出書之意，那時回答說，自覺寫得還未夠好，多寫一年再算。碰巧今年三月，有天午膳後回校，收到校務處同事通知，剛才有出版社打電話找我。本以為是銷售課本的宣傳，後來才知道是花千樹的編輯小姐，說因在網上找不到我的聯絡，才打電話到學校來。希望這書沒辜負原來的期望。重讀舊文，選出比較滿意的五十篇，略加增塗修訂，主要是刪去廢話，補寫和重寫未足之處。

感謝曾為這書落力的人，包括為我在封面題字的萬偉良老師、畫封面的區華欣、校對的陳以璇，以及編輯葉海旋先生和羅海珊小姐。感激我的親人、朋友和師長。積風的過程，少不免有心急或沮喪的時候，我慶幸遇過那麼多好老師，有時拍拍我的膊頭，叫我要抬頭看得更高更遠；有時如星，教我近距離見識那耀眼的光芒。是為序。

二〇一三年五月四日於香港九龍城

目錄

三・發光的電影

一・這裏的書

劉教授的為己之學

世界愈紛亂，我們就愈不知道甚麼是好甚麼是壞。當有人把外文著作中的Mencius信手翻譯做「孟修斯」時，劉殿爵教授（D. C. Lau）的英譯《孟子》，已連同他的英譯《論語》和《道德經》屹立好幾十年了。知道劉教授辭世的消息，雖不認識，還是心存感念，因為他為好翻譯、好學問定下了一個應有的標準，仰之彌高，叫人只好繼續努力。

企鵝出版的英文《道德經》、《論語》和《孟子》，都由劉教授翻譯，譯筆雄健雅潔。我更喜歡中文大學出版社的雙語版本，中英文左右並排，方便又醒目。誰都聽過《道德經》開首的「道可道，非常道。名可名，非常名」，英文該如何才是？劉教授的譯文精確易懂："The way that can be spoken of / Is not the constant way; / The name that can be named / Is not the constant name." 又如七十七章的「天之道其猶張弓與？高者抑之，下者舉之；有餘者損之，不足者補之」，他的翻譯貼近原文之質樸："Is not the way of heaven like the stretching of a bow? / The high it presses down, / The low it lifts up; / The excessive it takes from, / The deficient it gives to"。Down與up，from與to，精準地譯出了抑之舉之，損之補之。明乎此，便知努力「損不足以奉有餘」的社會為何需要自儆了。

劉教授寫的導論與附錄都好看。《孟子》的導論寫到最後，他引用了老莊作比較。說過「玄之又玄」的《道德經》，劉教授覺得最踏實，因為老子立意幫人在亂世中尋得方向。《莊子》雖沒老子踏實，但相較而言還是沒有《孟子》般神秘（mystic）。這結論似乎有別於一般人的理解，但劉教授卻以之說明《孟子》在儒家的地位，如何繼承，如何開創。至於譯事之難，則可從《孟子》附錄的"Some Notes on the *Mencius*"窺見一二。劉教授引用古今中外的《孟子》注本譯本，逐條比對各本得失，可見他翻譯《孟子》時逐字琢磨的苦心孤詣。

說來奇怪，我第一本擁有的《論語》就是劉教授的譯本。當時一心希望單看白文讀懂《論語》，同時又想學好英文，所以譯本滿足了兩個願望。譯文教人心折首肯，有幾章更是一讀難忘。在陳絕糧時，生性直率的子路慍見孔子，譯本沒有直譯「慍」字微怒之意，而是描摹子路的神態："Tsu-lu, with resentment written all over his face."比對孔子「君子固窮」的回答，我們便更明白安貧樂道的意義了。但印象最深，還是要數「古之學者為己，今之學者為人」一句："Men of antiquity studied to improve themselves; men today study to impress others"。用 improve 和 impress 兩個簡單的動詞，配上自己和他人，便見古今為學之別。難得二字還押了頭韻（alliterative），對應原文對舉的句式，真是匠心獨運。

翻譯，一方面讓其他文化的人有欣賞好東西的機會，另一方面也是探索自己語文特質的重要過程。讀劉教授的譯著更令我覺得，做學問跟儒家一樣，都是種關乎個人成德的為己之學：努力在學思道路上 "improve themselves"。劉教授學問淵博，成就遠不止上述幾本譯著，我當然不得其門而入。短文一篇，希望讓有志於學的人知道前人的標準實在一點不低，並以茲表達心裏的感謝。

《明報》二〇一〇年五月二日

趙廣超的詩意

很少人會把趙廣超列入文學的討論，遑論把他視作詩人。但讀他幾本關於中國文化的著作，覺得文字活潑，詩意盎然，小看不得。他在《筆紙中國畫》曾說：「從前作為（being）詩人，詩意自然而然流露出來；到了我們這一代，卻視乎擁有（having）多少『詩集』來證明。大家都認為，一概詩情畫意，早已被器物『擠掉』了。」這是夫子自道嗎？碰巧，趙廣超的著作多少都跟器物有關，雖非詩集，卻自然流出詩意。

我想先從趙廣超對「創意」的想法開始討論。他在梁文道的《訪問》說：「只要在同一個主題下，誰搶到別人較多時間的，誰就比較有創意。觀者樂於花時間在你的創作上，樂於讓你偷去他的時間，你的作品就有創意。」說得簡單點，詩可算是文字創意的典範，因為在各種文體裏頭，我們總是最花時間在詩中文字，反覆閱讀，樂於讓他偷去我們的時間。這個「觀者樂於花時間在你的創作上」，大概是因為凝視而沉思。藝術家曾把事物看得入神，轉化成作品；觀者閱讀作品看得出神，於是有讚嘆。入神出神之間，便有了感通的可能。

趙廣超的詩意在「字裏行間」。在「字裏」，因為詩人總能令我們重新認識文字，將字義扭轉增新。趙廣超在書中處理文字的方法，不單是訓詁考證，更充滿了眼光與樂趣。在《不只中國木建築》，他一開始就從「木」字與「家」字入手。他先說「家」字：「在中文裏舉凡與建築和居住有關的方塊字，大部分都很象形地畫出一個屋蓋，上面凸出來的一點，正是支撐起整個屋蓋的主要木柱。」接着便說，「家的第一點，萬萬不可掉下來，否則便會變成個」，戛然而止，之後我們在下面看見的，就是一個大大的「冡」字。

從「家」到「冡」，可見他對文字的觸覺，更重要的是，這對應了安家與傳統木建築的關係。又如書中寫「窗」的一章，先引述劉熙在《釋名》所言：「窗，聰也，於內窺外為聰明也」，並在句後補充：「與外在世界溝通可得智慧」。最後則以八字歸納：「人要聰明，請多開窗。」從窗的釋名說起，再引申到窗外：窗是物件，開窗則是態度，貫穿起來，想法通透。他這種觸覺也見於《筆紙中國畫》講「水墨」的幾句。水墨在國畫舉足輕重，但「水墨」其實是甚麼?他說：「墨加水是墨水，墨水再加水才是水墨。一個是物理學上的發現，而另一個則是美學的實驗。」看似文字遊戲，實則卻牽涉學識與情趣。

趙廣超的詩意亦在「行間」。論中國書畫者無不談及「意境」。但這個頗玄虛的概念該當如何說清？他在《筆紙中國畫》，先交代「意境」一語的佛教背景，然後這樣說：「未經唐詩形容過的月光，也許一直都不會照出詩情；詩內的月光若不是照進了宋代的畫軸，月色恐怕永遠也沒有畫意。」之後便把李白〈把酒問月〉的「今人不見古時月，今月曾經照古人」列在此段之後，時空穿插，一地便是詩意的清暉，雅淡怡人。但這還不止。趙廣超想出了五個三言句，進一步說明「意境」之為物：「坐上去」、「泡出來」、「捧在手」、「寒林裏」、「划出來」。由家具到石頭、瓷器、書畫、詩詞，從器物與古人的生活情態，點出意境有時在「黃娟幼婦外孫齏臼」之啞謎，有時在吳鎮淡泊的《漁父圖》，不單停留在意境之字義，更將之放進整個文化生活中理解，意思圓足，本身就是一段有意境的文字。

趙廣超在《不只中國木建築》解釋不同建築，也別出心裁，借活潑的文字帶出他們的特點。說高台：「如果說房屋是種出來的，那麼高台便是唱出來的了。周天子廣得民心，歌聲自然愉快激昂，與靈台一起唱入雲霄。」說欄杆：「設在低處的欄杆是攔着外人（不要闖進來）；設在高處的欄杆則是為了攔着自己（不要掉出去）。」這都令人會心微笑。

在幾本著作之中，趙廣超在《一章木椅》論「床榻」的一段，有幾句最接近我們常見之詩。他講床，先引用阮籍的〈詠懷詩〉：「夜中不能寐，起坐彈鳴琴。薄帷鑑明月，清風吹我襟。」然後半解釋半轉化，分行寫道：「失眠（不寐），／起坐（床有帷幄），／許是清貧，／許是牆壁和人通透。／於是，／琴迎風月。」清雅的月光和風，教人想起伊朗導演阿巴斯（Abbas Kiarostami）的詩集《隨風而行》（*Walking with the Wind*），例如只有四句的這一首：「月光／透過玻璃／照見熟睡小修女／面龐蒼白」，月印萬川，既照見伊朗女孩的熟睡的面，也照見阮籍的鳴琴，照見李白的床前。能不教人想起前述李白的「今人不見古時月，今月曾經照古人」？

除在「字裏行間」，書中的詩意更在趙廣超對器物的凝視。這牽涉對美的追尋：為何某器物會以此形相流傳世上？前人累積下來的審美觀，又如何依靠器物呈現出來？死物不死，因為他有故事、有生命，可以展現一個藝術家或工匠的用心，甚而是整個時代的情志與風氣。所以於趙廣超而言，《清明上河圖》不單是名畫一幅，更是張擇端的苦心孤詣。因此他在《筆記清明上河圖》說，當他描摹時發現畫中有些部分並非張擇端的手筆，才會覺得「這種差異，甚至讓我覺得難受，因為很明顯看得出來，這並非原作者那個級數的人所畫」。同理，他在《大紫禁城——王者的軸線》說，紫禁城遠非單純的一座的皇宮，因為從他不避那貫穿南北的中軸線，可見其自詡奉天承運的氣魄。

問題只在於我們能否適切地觀看，譬如是否具備種種端詳與鑑賞的工夫。這可在趙廣超形容南宋瓷器時看見：「在『存天理滅人慾』的重重壓制下，當時的人要做一個藝術形式包含了七情六慾，十分性感；看上去卻還覺得平靜，這就是簡約主義上好的示範。它不是貧窮，而是高度淨的能力。」有了這等賞鑑功夫，便能覺察源於生活之美，瓶子就再不是簡單一個瓶子了。他接着說：「像十八世紀德國美學家黑格爾所說『自然意蘊所喚的情感』，現在一下子居然都讓泥巴給挽留下來，凝固成一個優美的瓶子，在我們眼前，在我們手中，照理也在我們心裏，再度掀起共鳴、讚歎。說不定還會勾起絲絲說不出的感慨。」

這種說不出的感慨是甚麼？他的歸納，即從器物騰升到美感經驗：

流行小說家所謂「美得教人心疼」，也不全是誇張之辭。以前的人形容得好，叫這種感慨為「清愁」，淡淡的，無傷大雅的愁緒。也有人坦白地稱之為美感經驗（aesthetic experience），是潛藏在我們心靈深處的情感。無疑，當我們欣賞藝術品時，在某個程度上，其實就是在讚歎自己的生命。

凝視器物，吟安詩句，若能引發美感經驗，反過來都教人欣賞自己的生命。

最後，我想起他說「意境」時寫下的一段話，放在這結尾適合不過：「只是『意境』文章實在難做，又或者是瓶子靜靜地放在你面前，你沒有靜靜地去欣賞而已。」饒是如此，我們更要珍惜有詩意的文章，把美好事物仔細端詳。

《字花》　二〇一一年三月／第三十期

按：原文蕪雜冗長，現大幅縮短，重寫一遍。

假作真時真亦假

董橋先生於我有啟蒙之恩。雖不相識，但很多重要的中外作家，以及好文章的應有水平，最先都是從他筆下知道的。大學有年心血來潮，決心遍讀他的文章，看他如何珍視文化守護記憶，如何挹取古文和外文精華注入白話文裏頭，如何用「了」字來營造語氣和節奏；幾時讓句子蔓衍綿延，幾時短促。後來更努力搜尋其舊作，包括一首一九七〇年在《純文學》用真名發表，名為〈雪芹〉的新詩。

卻說賈寶玉在《紅樓夢》第五回矇矓入睡，隨警幻仙子於夢中遊歷。竟讀董橋的《橄欖香——小說人生初集》，想到的正是太虛幻境門前的「假作真時真亦假」。

小說原在《蘋果日報》刊登，一直沒追看，待編成一冊才一氣讀完。撇除欄名和書的小題「小說人生」，以及篇篇都有的一小段對話，《橄欖香》其實很像董橋在《從前》那三十篇念人憶事的散文。但既云小說，人物看來是假的，情節也多虛構。董橋不是沒寫過小說，短篇〈薰香記〉曾以武林故事影射時局，〈讓她在牛扒上撒鹽〉寫亮晶晶的紳士淑女更是幽默，但把小說寫成一本，倒是首次。

《橄欖香》共收錄三十個短篇，裏頭那三十個「我」，似乎都是董橋本人。他在〈自序〉說，試過不用第一人稱敘事，還是不行，才「悄悄讓『我』穿梭在故事裏扮演一個冷靜的旁觀者」，把自己放進虛構世界裏頭，有時感懷身世，慨嘆時代丕變。只是他同時強調，筆下用心寫的，都是辜負不得的記憶中的人與事，「偶爾筆調太像小說還要收一收。」小說看來虛構，回憶又似真實，綰合起來，便如夢一樣疑幻疑真。

難怪篇中那些學貫中西、嗜好不是讀書寫字就是畫畫填詞的人物，總是從看似真實的故人身影之間緩緩步出。不知是否真有〈嘯月軒〉那個樂先生，照顧初來香港的董橋。也不肯定，是否真有〈玉琮〉那位荷師娘，質問「姓董的，你知道沈周是誰嗎？」。要是真有其人，他們從作者的回憶走到紙上，又拐了幾多個彎，經歷了多少不屬於自己的酸苦鹹甜？這些人要是向壁虛造，又從作者的師友之間，擷取了多少養分，學了誰的舉手投足，說了誰人一時脱口而出的聰明話？董橋這樣寫小說，究竟所為何事？

曹雪芹讓寶玉從夢境回到現實的一節很巧妙，靠的是一灘遺漬，讓虛幻的經歷有了真憑實據；夢幻流入真實，同時預示寶玉與襲人緊接而來的雲雨。余國藩在《重讀石頭記》說：「寶玉在第五回所歷諸幻，不僅是夢中之夢或虛構裏的虛構，更因情節的敘說異常而凸顯出通回爭辯不休的一個問題：『真假』的本質為何？這個情節以寶玉夢遺作結，而佛典常強調此一生理現象，以其可證明夢最實際的功能故也。」真真假假，除了是小說藝術的關懷，也往往揭示人類感知的特質，透露世界的奧秘。

余國藩接着說：「夢既是欲望的產物，也代欲望行事。用我們現代人的話來講，夢既指『日有所思』，也指因此而來的『夜有所夢』，既是真實的經驗，也是心中的渴盼。我們若了解夢的這種雙面性，就不能僅僅視之為短暫倏忽的隱喻。」記得董橋曾在兩篇散文引用相同的話："One travelled to discover the past."我想，追憶逝去年華正是他在《橄欖香》的渴盼，只是遊歷之所不在陸地，而在夢境：三十個故事就是沒在陸地經歷過，才要在夢裏旁觀，小說的美感正在這撲朔迷離。〈蓮房〉的章嫱一定明白。她服了藥雖然夜夜發怪夢，還是不忍捨割：「我勸她趕緊停了藥換個醫生。她說她也這樣想，只是貪看夢裏那些蓮花，怕停了藥夢也沒了。」

明乎此，便知《橄欖香》那看似散文的〈自序〉，其實也是三十篇小說之一，故此也保留了那一小段對話：「『散文可以寫虛，小說可以寫實，』老師說，『人生或真或幻，情節宜虛宜實，題旨經營得好就是文學作品。』」說這話的老師就是董橋自己嗎？〈曼陀羅室〉的曼叔，談到他想念多年的蕊卿時說：「幾十年的牽掛，我不能看她晚境孤單，她也不忍心讓我獨自等死，你說像不像小說？」結句真是可圈可點。

《橄欖香》的故事或不至於篇篇精彩。年日漸長，也發現不少師友對董橋頗有微詞，或謂他文句的雕琢失諸堆砌，或嫌他對書畫的讚譽一不小心便成謬許。聽了總是不置可否。無論如何，是他開了我的眼界，也很慶幸那人碰巧是他。

年方廿八的董橋一九七〇年在《純文學》寫的〈雪芹〉如此收結：「來晚餐的客人都說不來了／客人都說／不來了」。他或可以更早上床入睡，在夢裏旁觀更多故事，把他們一一帶到紙上，和這個並不圓滿的世界。

《明報》二〇一一年五月八日

鳥兒輕輕在歌唱

年多前在一報章寫了篇文章，提及莊子的小大之辯，以大鵬和斥鴳對舉。或許意指小雀鳥的「斥鴳」生僻，見報時便給改成「鴟鳥」。唐突古人，難免不安，隨即寫了篇書話讓編輯知道改動欠佳，順帶評介好書。自以為幽默，結果卻令人不悅。最近得悉那位編輯經已離職，便又重溫舊文，發現寫得實在不好。重寫一遍，不懷半點怨恨或嘲諷，只希望所有以文化為職志的人，都能在各自的崗位好好發揮，一同歌唱。

鴟鳥是貓頭鷹，在西方雖然代表智慧，在傳統中國則算是惡鳥。〈逍遙遊〉的小大之辯似與善惡無關，貓頭鷹倒是飛進了〈秋水〉篇，用牠的貪得腐鼠，對照惠子與莊子襟抱之不同。凡此種種，都令我想起台灣漫畫家蔡志忠，因為這兩個故事最初都是從他的漫畫知道的。

從前讀蔡志忠寫中國經典的漫畫，印象深刻。是博益出版的小書，記得連副題都可人，《莊子》是「自然的簫聲」，《論語》是「仁者的叮嚀」，《老子》是「智者的低語」。另外如一般不受重視的明代格言錄《菜根譚》，也寫得輕省有趣。去年嘗試重購以上幾本，不果，逼不得已買了厚厚的結集，合先秦諸子與李白杜甫等十五部經典於一身，名為《漫畫中國思想隨身大全》。遠不及單行本輕便好看，但總算滿足了擁有的慾望。

重看時發現，很多孔孟老莊的故事，最先真是從蔡志忠的漫畫裏頭知道的。最少到了現在，我心目中的顏回還是他畫的那個模樣：小巧，白髮，常常若有所思。《莊子》則更深刻。以前讀到裏頭的寓言和對話，雖不至完全明白，還是有種振聾發聵的感覺，猜想那一定就是智慧了。例如在講天籟的〈大塊噫氣〉一篇，看見音樂如風，在山石松林間自由流淌，從此更對「天籟」二字生了崇敬之心，每次見人挪用他來宣傳「人籟」或噪音，就覺得分外討厭。

蔡志忠漫畫的好處，是總能把深邃的道理，化約成各個可以獨立成篇而前後相關的故事。閱讀節奏既在作者的掌握之中，再難的題目或文句，都在一格一格之間緩緩推衍；再抽象的道理，也因情節與具象的畫面而有了着落，人物的對話與反應鮮明簡潔，最後則由閒居左右下角的説書人以數句歸納。例如他寫《老子》〈大道廢，有仁義〉一章，便成了幾組社會圖像的對比：一是日出而作日入而息、鄰國相望雞犬之聲相聞的簡樸社會，一是設法以千方百計防止臣民逃稅的聰明社會，諸如此類，結論當然是「大道廢，有仁義。智慧出，有大偽。」

最近到圖書館找蔡志忠的漫畫，才發現原來台灣時報出版社的版本更佳。舉《世說新語》為例，除了蔡志忠的漫畫與《世說新語》原文，編輯更一條條在旁錄下重要的注腳，內容博採古今，尤多踵武名重儒林的余嘉錫先生之見，務求為人指出向上一路。於是讀者既可單看漫畫，也可以漫畫為過渡，步步走進古文的世界。

回到〈逍遙遊〉的小大之辯。西晉的郭象注莊，謂大鵬與小鳥雖殊，但只要各當其分，便同樣逍遙，無所謂高低勝負。後來的注家不論郭慶藩還是劉武均不同意此說，重申小不及大，不能相混。但無論如何，可幸斥鴳只是嘲笑大鵬之背負青天為多餘，沒嘗試跟他一起遠飛，繼續只在枝間騰躍。我想起有次跟一前輩吃飯，他忽爾說起「鳥兒輕輕在歌唱」七字。不明所以，問其緣故，答得真妙：「正因為鳥兒自知不是大鷹，才沒有用力把肺都唱破了；所以輕輕歌唱，也所以感人。」不論蔡志忠或時報出版社，其實都在輕輕歌唱。蔡志忠做好了轉化與啟蒙，時報做好了編輯與注解，都在自己的位置，各安其分。

《明報》　二〇一一年六月五日

今之視昔

余嘉錫先生在國事蜩螗之際撰寫的《世説新語箋疏》，處處都見用心。那是一九三七年七七事變前後。身處困阨，卻投身另一個困阨的時代，讓撒鹽似的風雨都有注腳：一點一滴都是淚。難怪余先生在題記慨嘆，讀《世説新語》一過，「深有感於永嘉之事，後之視今，亦猶今之視昔。他日重讀，回思在莒，不知其欣戚為何如也」。

任俳調的再好笑，簡傲的再不經，文句跌宕，畫面空靈，劉義慶記錄的都是個出奇悲涼的時代。楊修稽康不用説，孔融兩個心知不妙的小兒也不用説，讀到〈言語〉篇第十九條，便無端感到那蒼涼。晉武帝司馬炎剛登帝位，探抽籤籌，欲知天子傳世之數，數字當然愈大愈好。怎料天意弄人，一抽卻得了個「一」，大吉利是。要到風神高邁的裴楷出言解窘，場面才由「帝既不説，群臣失色」，一下變成「帝説，群臣歎服」。沒有他脱口而出的「天得一以清，地得一以寧，侯王得一以為天下貞」，眾人當日不知要圍着失色到何時。言語，正是在這樣艱難的背景下成為藝術，把瞬間的心血來潮冷卻封存。

長久真難。王敦寵愛年方十歲的王羲之，常與他同榻而眠。一次這位有奪權之意的大將軍先起，與部下商量造反之事，談到中途才想起王羲之還在帳中。王敦大驚，先前的寵愛，即時變成「不得不除之」的決絕。只是聽見風聲的少年聰明，一早以手指撥口水弄污臉龐和被褥，打開床帳的王敦才以為他真在熟睡。最後一句「于時稱其有智」，看似讚譽，其實也很悲哀，似乎蠢一點就長不大了。余嘉錫先生於此條下引書證明《世說新語》有誤，這少年人實當為王允之。也好，王羲之可以在動盪的時勢專注練字。

魏晉之世代如此，時人猶尚玄虛，澆薄輕浮，同樣處身亂世的余先生才不禁深惡痛絕。一個接一個的「嘉錫案」，結果便顯得那樣拘束，偶爾甚而有種近於掃興的格格不入。這在〈任誕〉一篇尤為明顯。余先生於篇首即下案語，由國家興亡一直寫下去，崇節義，貶斥阮籍諸人。結尾的「永嘉之弊，未必不由此也」，又讓人想起他在題記所言。

可恨余先生於一九五五年謝世，未能手定《世說新語箋疏》，那個「他日重讀」的願望終於落空。在他離世三十週年，史學家牟潤孫先生寫下〈學兼漢宋的余季豫先生〉，以箋注一般的用心，試圖讀出《世說新語箋疏》字裏行間的心跡。譬如讀到〈賢媛〉篇，牟先生便謂：「季老抨擊婦職不修，很像是指責因裙帶關係，導致宋子文、孔祥熙貪污誤國。何況東北淪陷後，國內盛傳九一八事變之夜，張學良正與明星跳舞，在交際名媛群中周旋。」容或扯得有點遠，但沒有這鉤沉探賾，後來的人就難為蜿蜒的悲戚考鏡源流了。牟先生不免也想起昔年在輔仁大學旁聽季豫先生講授《世說新語》的時光。只是向之所欣，轉瞬亦為陳迹：「如今同事諸友久已天各一方，季老、讓之又皆謝世，我則是歲近八旬的老叟，走筆至此，悵惘無限！」

回頭想想，當下早成了前人的「後」，再與後人的「昔」兩相交迫，便不得已「今」了起來。當然要慶幸沒有戰爭，不用逃難。但我們這個「今」又很好嗎？忽爾想起的，竟是朋友有次輕輕提及的經歷：一晚她獨個走進公廁，赫然發現地上有一團東西。原來，是個正在睡覺的婦人。同樣因為各自的原因露宿街頭，這婦人卻再要從街頭逃到更安全也更濕滑的公廁地上。

與此同時，不是民選的政府，卻仍舊置別人的生死於度外，任他們被剝削、被壓迫、被奪去生活空間和休息時間。有需要時，還好意思叫人齊心協力，雖然你與我加起來，總是你們，而非我們。結果世界雖然不斷發展和發達，卻是愈來愈小，因為他容不下的人正愈來愈多。我的願望如塵土卑微：後來的人，請千萬不要把今天當做成功。

最近翻閱《世説新語》和余先生的箋疏，覺得一代有一代的困難，不易説清；但把一時一地的心事寫到最好，有時卻有普世意義。總算明白〈蘭亭集序〉何以如此收結：「後之覽者，亦將有感於斯文」。

《明報》二〇一一年七月十日

重投朱注

上週日在《蘋果日報》副刊讀到許淵沖的〈不遷怒，不貳過：《論語》譯話〉。他談及《論語》數則，並引理雅各（James Legge）及韋利（Arthur Waley）的譯文，復加斟酌。讀後，不期然翻了翻朱熹的《四書章句集注》及劉殿爵教授的《論語》英譯，溫故知新；切磋琢磨，片言隻字都別有天地。以下援引相關的朱注略論數點，由此再看幾種英譯，便高下立見。

許淵沖文章寫的是孔子三段關於顏回的話，先是「不遷怒不貳過」一章，再是「簞食瓢飲」一章，最後是「其心三月不違仁」一章，俱見〈雍也〉篇。許淵沖說，「遷怒」就是「不承認自己有錯誤，反而大發脾氣，責怪別人」，並謂理雅各將之譯做"transfer his anger"太一般，不如改做"shift the blame"。他的解說似不能點出「遷怒」之要義，「怒」譯做 blame 也不及 anger 確切。觀乎朱注，只兩句就把道理說得明白：「遷，移也」、「怒於甲者，不移於乙」。劉教授也小心翼翼把「不遷怒」譯成"He never transferred the anger he felt towards one person to another"，雖然較長，意義卻比上述兩句英譯準確得多。

激怒自己的人明明是甲，但一旦動怒，怒火往往波及無辜的乙、丙和丁，然後事後又無可奈何地懊悔起來。這些經歷我們都試得太多，可算人之常情，所以孔子才覺得顏回能「不遷怒」實在難得。這是顏回得天獨厚、生而能之嗎？若然如此，就不能彰顯「學」之可貴了，顏淵卻竟能在這難關學有所成，但最終又不幸早亡。於是，我們就明白何以孔子一見人問「弟子孰為好學」，就想起顏回；一想起顏回，好學就想起「不遷怒」。孔子說這話時，心情其實是很哀傷的。

「不遷怒」與「簞食瓢飲」一章可說一脈相通。人之天性，總是易受外物牽動，心猿意馬，事物把握不好便易有差池，憤怒如是，苦樂如是。

「一簞食，一瓢飲，在陋巷」三者，都是顏回生活上遭遇之艱難。接着之「人不堪其憂，回也不改其樂」，則表示顏回能把憂樂判然劃分。朱熹此章之注文極好。他似乎預視到有人會以為顏回最喜歡的就是活在困頓之中，像中世紀一些苦行僧以鞭策形軀為樂，所以才說：「顏子之貧如此，而處之泰然，不以害其樂，故夫子再言『賢哉回也』以深歎美之。」然後特意引用老師程頤所言：「顏子之樂，非樂簞瓢陋巷也，不以貧窶累其心而改其所樂也，故夫子稱其賢。」顏回並不是樂於餓着肚子身居陋巷，而是不因這生活困苦，侵害到生活上其他方面的樂，如學習之樂、交友之樂、山水之樂。故此劉教授將「回也不改其樂」譯做"but Hui does not allow this to affect his joy"，實在比許淵沖引韋利的"but to Hui's cheerfulness it made no difference at all"縝密。

再看許淵沖對此數句之解釋：「這是孔子讚美顏回的話，說顏回吃的是粗茶淡飯，住的是陋巷茅屋，別人覺得他苦。他卻自得其樂，真是個賢人啊！」以「自得其樂」注解「不改其樂」，容易令人誤解，討論似應更加仔細才是。

題外話，從前老師說，「簞食瓢飲」一章，重要的先是起首的「賢哉，回也！」。平空而來，是先無端想起顏回之賢，才從其日常生活片段想出究竟。想到顏子不改其樂之賢，最後便又重複一遍「賢哉，回也！」了。若能通一點辭章之學，感受到這迴環寫法之妙，老師說，讀《論語》一定讀得更有意思。

許淵沖最後談到「子曰：『回也，其心三月不違仁，其餘則日月至焉而已矣。』」由此引申：「這說明了好學和做人的關係，好學是為求知，做人卻是求仁」，此說也略嫌迂曲。他引韋利之英譯："Hui is capable of occupying his whole mind for three months on end with no thought but that of Goodness. The others can do so, some for a day, some even for a month, but that is all. (Note: The Taoists claimed Yan Hui as an exponent of 'sitting with blank mind'.)" 他最後還說「仁」字不好譯，並謂韋利「加了一個注解，說顏回是『坐忘』的樣品。就是用注解來說明『仁』的意義」，似乎就扯得更遠了。

其實，此段孔子只以時間長短比對顏回與其他弟子的分別。朱熹如此注解後一句：「日月至焉者，或日一至焉，或月一至焉，能造其域而不能久也。」不是沒有仁德的弟子，但如顏回之持久，卻絕無僅有，亦可見顏子之賢。劉教授譯作："For three months at a time Hui does not lapse from benevolence in his heart. The others attain benevolence merely by fits and starts." 押了韻，譯筆也似比韋利洗練。

手上的朱熹《四書章句集注》屬中華書局出版的「新編諸子集成」系列。編校精良，便宜，也容易購得。或有人嫌朱熹一味義理，滲入太多理學於注解之中。但多讀多想，多比對不同注本，自然能去蕪存菁。今人的《論語》注本層出不窮，能不厚今薄古，讀讀宋人的注解與發揮，也是好的。

末了不得不提，許淵沖稱〈雍也〉為《論語》「第六章」，「哀公問」云云為「第三節」。按照從古到今的習慣，是應該稱「第六篇」、「第三章」的。

《明報》二〇一一年九月十八日

詩人的信

大學時曾修讀英文系一門課，認識了一位親切明麗的老師。那年暑假，機緣湊泊，還跟她做了一個月研究助理，找台灣詩人楊牧的資料。那時閒錢不多，詩集字又少，楊牧的書結果都嫌貴沒買；有些手抄，有些影印，都早已遺失，楊牧的詩卻斷斷續續又讀了一些。到最近，因「他們在島嶼寫作」的電影活動，知道楊牧來港，便到書店購得《楊牧詩集》一和二。匆匆翻閱，仿佛也翻出了那段日子的少年羞澀。

導演溫知儀為楊牧拍攝的紀錄片，名為《朝向一首詩的完成》，製作認真，但對楊牧好像太過恭敬。所以電影最好看的，不是楊牧正經四八端坐談話，而是太太笑他不會煮飯、只會洗自己用過的碗筷時，他面上一刻的靦腆。詩句轉化成不同媒介的影像，力量也嫌薄弱，不及有人站着讀詩時直接動人。

記得初讀楊牧的詩，感覺特別。雖云新詩，他運用的字詞與典故卻很古雅。個別詩作如〈延陵季子掛劍〉讀後印象深刻，不過整體來說，算不上十分喜歡。唯有一本，卻真正是一讀傾心。不是詩，卻是關於詩與藝術生命的散文，名為《一首詩的完成》。

書成於一九八九年，扉頁寫着「給青年詩人的信」。一篇一個題目，包括〈抱負〉、〈記憶〉、〈古典〉、〈外國文學〉、〈形式與內容〉等，看來都是給一個年輕人寫的。讀着讀着，暗地裏當然會狐疑是否真有那位年輕人，直到看了書末的〈又及〉，才明白作者是在尋找一種恰切的語氣，因而用了書信這方式。到頭來，對象是一個人或一代人也許都不重要。因為好的藝術，總在跟你說話。

如此，楊牧既在分享，勸勉，解惑，也以中年的孤寂，安撫少年的茫然。他引中外作家為例，帶出在藝術創作中必須思考的問題。在〈歷史意識〉，他把詩人艾略特（T. S. Eliot）在〈傳統與個人才具〉的一大段文字，譯成中文放在開頭，提示年青人所謂創新的意義。在〈社會參與〉，他思索當社會的公理和正義不得伸張時，詩人又當站得多近多遠，多前多後，如何平衡怒火與安寧。

如同在電影所見，楊牧看來有點避世，但又難掩熱腸：一方面獨個散步、每天午睡、窗外種竹以遮蔽自己；一方面以詩介入社會、激烈論辯、認真地探究學問。平淡的生活，似為保護激盪的思緒。人淡如菊，原來也是薔薇。在上週日的映後座談，除了高興重遇那位讓我接觸楊牧詩歌的老師，印象最深的，便是楊牧對觀眾的兩個反問：有人是不孤獨的嗎？有人是真正平靜的嗎？或許無關，但我的確想起了〈延陵季子掛劍〉的其中兩句：「所以我封了劍，束了髮，誦詩三百／儼然一能言善道的儒者了……」

在《一首詩的完成》裏頭，楊牧有時以識見穿插。例如說到詩人狄金蓀（Emily Dickinson）的〈那傾斜之光〉，以幾句便點出其形式之美：「這種嚴整的詩體可以交代主旨的奧約；但內容如此，全詩不宜太長，以免繁褥之病，或更怕說多了便失去那輕微神秘的氣氛，所以詩停於四韻完成之際，共得十六行。」真是一句廢話也沒有。有時則在說故事。由他戲言為「除了作詩填詞寫文章以外，甚麼事都不曾做過」的蘇東坡，到龐德（Ezra Pound）如何提攜艾略特，都平白動聽。文字常帶暖意，連過場的寥寥數語都可人，譬如是：「今夜大風，心情隨樹聲起伏」。

重讀《一首詩的完成》，我看見一個詩人如何守先待後，展現為青年指路的氣魄。末了合該以書中這段文字作結：

> 詩人應該有所秉持。他秉持甚麼呢？他超越功利，睥睨權勢以肯定人性的尊嚴，崇尚自由和民主；他關懷群眾但不為群眾口號所指引，認識私我情

感之可貴而不為自己的愛憎而帶向濫情；他的秉持乃是一獨立威嚴之心靈，其渥如赭，其寒如冰，那是深藏雪原下一團熊熊的烈火，不斷以知識的權力，想像的光芒試探着疲憊的現實結構，向一切恐怖欺凌的伎倆挑戰，指出草之所以枯，肉之所以腐，魍魎魑魅之所以必死，不能長久在光天化日下現形。他指出愛和同情是永恆的，在任何艱苦的年代；自由和民主是不可修正刪改的，在任何艱苦的年代……

那種沒有退路的執著，今日讀來，尤覺響亮。

《明報》　二〇一一年十一月十三日

紀念陳之藩先生

【壹】

一九六一年七月二日，海明威在寓所內吞槍自殺。半月之後，正在美國另一端的費城留學的陳之藩寫成〈迷失的時代——紀念海明威之死〉。文章起首，引用了清末詩人易實甫的詩：「但得高歌且高歌，行樂天其奈我何。名士一文值錢少，古人五十蓋棺多。」

有趣的倒是引詩前的一段，他這樣說：「有四句易實甫的詩我最愛念，也最愛引，可是忘了頭一句，只記得三句，於是我給他補上個第一句」。查原詩，「但得高歌且高歌」實作「焉知餓死但高歌」。最愛念最愛引，卻忘了開頭，看似不合理，但這樣說出來卻又很真實。

散文總與說話語氣相連，陳之藩的正是這種清淺平暢，只是淺白無礙深刻。所以文章從篇首引詩，一下就把清末民初的時代脈搏連接到二十年代，一套價值瓦解，徹底淒楚悲觀。那虛無失落的氣氛，尤見於海明威著名短篇〈殺人者〉裏頭的奧里，就在家中躺着，沒出路，等死。但或許真是太灰暗了，陳之藩忍不住插入一段：「然而，太陽還是要升起來的！深秋之來，自然是萬葉俱落；而陽春之至，也必是萬卉齊發。我們還是暫時把海明威一代的作品當作嚴冬裏的風號，只是春天不再遙遠的標幟，而不是徹底的死亡。」冬去春來的比喻，自然叫人想起浪漫主義詩人雪萊。

【貳】

一九六二年二月二十四日，胡適在台北心臟病發去世。四日後，從費城到了孟城留學的陳之藩，半月之間連寫九篇文章以為紀念，其中幾篇連繫到他在大學時代給胡適的信。首篇文章名為〈第一信〉，開頭說自己旅行時總是帶着兩個很重的箱子：「我曾請朋友猜我的箱子裏是甚麼，沒有人能猜對，因為太不近人情。這兩個箱子裏全是朋友們的來信。」那代人，口袋總是放着等待寄出的信，坐下來不是寫信就是讀信，展紙摺紙，海洋天空一片魚雁的生機。

這兩天重讀《在春風裏》，很注意胡適與陳之藩二人對文字的執著。陳之藩在〈方舟與魚〉說，胡適臨回國時送他《儒林外史》：「他的意思是想改正我這不文不白的文字成為純粹的白話。我大概使他很失望，我只欣賞《儒林外史》的序裏的一首律詩。」陳之藩不喜歡《儒林外史》，嫌他散漫。到胡適過身，陳之藩寫的紀念之四，題目正是〈儒林外史〉，那點耿耿於懷，在最後幾句尤其明顯：「我翻到《儒林外史》的前頁，胡先生用綠筆寫着兩行字：送給／之藩／適之。我多希望這是他自己的一本詩集，而不是《儒林外史》。」

都是作家，二人對文字自然珍重敬惜，態度絕不含糊。在紀念之三〈第三信〉，陳之藩起首便說「胡先生的新詩，我喜歡的很少。」論白話文，紀念之八〈在春風〉也不諱言：「談到白話文學，他的程度就不如我了。因為他提周作人，我就背段周作人；他提魯迅，我就背段魯迅；他提老舍，我就背段老舍，當然他背不過。」

這些相左卻無損感情。陳之藩寫對胡適的思念，總是動人。二〇〇五年，他為《在春風裏》補一新序，最後說：「適之先生逝世近十年，一九七一年的十一月，我在英國劍橋大學拿到博士學位。老童生的淚，流了一下午。我想：適之先生如仍活着，才八十一歲啊。我若告訴他，『碩士念了兩年半，博士只念了一年半。』他是會比我自己還高興的。」

【叁】

二〇一二年二月二十五日，胡適離世剛好半世紀，陳之藩先生在香港肺炎病逝。知道消息，我想起了胡適最不喜歡、陳之藩卻很喜歡的艾略特：世界的結束，不是海明威槍管的Bang，不是胡適心臟病發的Bang，而是病床上的Whimper；我想起了《蔚藍的天》、《旅美小簡》、《在春風裏》、《劍河倒影》，想起他明淨的文章，想起裏頭那種留學心情，一方面嚮往自由，渴求真理，在科學與詩之間來回踱步；另一方面流露對國家民族之憂患，讀書人身心之飄泊，學思道路之悵惘，人生之孤獨；連帶也想起了里爾克〈秋日〉的末段：

誰此時沒有房子，就不必建造，
誰此時孤獨，就永遠孤獨，
就醒來，讀書，寫長長的信，
在林蔭路上不停地
徘徊，落葉紛飛

但這不免太過蕭索，陳之藩未必喜歡。想起來，幾年之後，我們又再經歷一次二十年代了，不知道會否同樣迷失。在紀念海明威之死的文章末段，陳之藩努力在時代的困苦裏思索出路，並引雪萊的詩句作結。不如逕引他自己的話，為這寒冷的幾天添點暖意：

讓我們用雪萊的詩來祝禱這個柳暗花明的新村之早日到來：
——我在枯寂的小徑上徜徉
荒涼的冬日忽現春光——
花草的芬芳，令人沉醉，
流水的聲音，如是悠揚。

《明報》二〇一二年三月四日

酒神的反襯

周保松的《走進生命的學問》剛剛出版，雖不喜歡簡體字，過半文章又與《相遇》重複，但得書後還是細讀了一遍。不禁懷疑，我們的大學教授和中學教師，其實過着怎樣的生活。

到了今天，大學教授的正職，大概是寫很可能沒趣、也不一定有意義的論文。像周保松這樣，在這樣的環境還會努力思考大學教育的可能與理想，並付諸實行的，當然是異數。看看書中的相片，我們便能約略推測，他究竟花了多少精力在做所謂的分外事：課後跟學生圍讀經典，搞讀書組，辦沙龍，跟學生郊遊等等，全是建制不鼓勵的事情，他卻覺得充滿意義。但反過來想，為何如他這樣的大學教授只屬少數？大學制度究竟在鼓勵甚麼？支配這制度的理念又是甚麼？

書分四部：學生，老師，大學，回憶；連同開頭的「獻給：翠琪和我們的女兒可靜」，〈致謝〉裏頭各師友的名字，以及結尾一篇重要的代後記，加起來，便成了一個讓周保松為自己定位的意義網絡，使得他成為今日的他。新收的文章裏頭，我有兩篇特別喜歡，但第二篇不是周保松寫的。

第一篇是〈獨一無二的松子〉。記得文章最初在《明報》世紀版刊登，讀完呆了半晌。都甚麼時代了，還會有大學教授，這樣認真為畢業生寫一篇臨別贈言，提醒大家個體生命的獨特可貴——比喻還要是松子，既有種好像不屬於香港的天然質樸，也有種久違的生趣。文章拋出不易回答的提問：「松子的命運，大抵也是人生的實相。如果我注定是萬千松子的一顆，平凡走過一生，然後不留痕跡地離開，我的生命有何價值？如果我只是歷史長河的一粒微塵，最後一切必歸於虛無，今天的努力和掙扎，於我有何意義？」滄海一粟之嘆，固不陌生；文中的「微塵」與「虛無」，倒不能輕輕略過，因為這扣連到書末由陳日東執筆的代後記，就是我說的第二篇文章。

周保松在序言說，書中絕大部分文章的首位讀者，是相識十八載的好友陳日東，他形容為身邊活得最接近蘇格拉底的人：「日東是我的文章最初和最後的仲裁者。他認為過得去，我就放心；他認為不好，我就修改。可以說，這些文字背後都有日東的影子。」陳日東的代後記洋洋二十一頁，有血有淚，更有對這些血淚的自嘲，題目正是〈可有可無的灰塵〉，仿佛以其虛無，遙遙回應〈獨一無二的松子〉的積極。

做虛無主義者做得如此稱職，也算少見。關於周保松，陳日東這樣說：「哲學生於憂患，而保松遭遇的不如意事偏偏有限，所以我總覺得，他是理論派，對世事對世情欠缺精闢而深刻的洞察。我曾多次質疑他看人生看得太簡單，有點像中學教師——我曾這樣揶揄他——總是在學生面前一味強調生命有多美好。痛苦，對保松來說，是完整人生不可或缺的一環，而非貫穿生命的底色。」幾乎是以地獄歸來的姿態，輕詆尋常百姓的安樂。但要經歷過多少苦難，一個人才可以說走進生命，是個真正的人？這畫面，就像理性積極的太陽神才剛把話說完，披髮佯狂的酒神，便不知從哪裏出來，打個呵欠，以竊笑驅散大伙的天真樂觀。

周保松說書中文字都有陳日東的影子。我想，影子的灰暗與虛無，很多時正是他思考的起點，所以他才常強調「價值」和「意義」，試圖掙脫影子，說服酒神，同時把他理解那種不那麼強調價值中立、容易引向相對的自由主義，說得更豐富厚實。

關於虛無，陳日東這樣說，寫得太好，值得整段引錄：

> 我早就預計這篇後記會很長，但沒想到這樣長。或許我的潛意識知道，機會只此一次，要說的便要盡量說。文章裏的分析，看似有很多憤世嫉俗的批評，不應該出自一個虛無主義者之口。我其實心裏很明白這張力，只是我

的寫作能力有限，沒法調和得更好。但不打緊，反正這本書早晚會在宇宙中消失，寫得好不好，到頭來也沒分別。生命終究沒有先天的意義，一切皆是想當然的遊戲——包括我這句話。我還有執著，還有要求，只因貪玩——沒難度的遊戲大容易玩膩了。一刀切否定世事萬物的存在價值，很輕易，這種廉價的虛無主義，往往伴隨生活的不如意而生，借着否定世界，減低失落感，讓自己好過一點。骨子裏，它還是相信有絕對真理，只是一時間找不到，才逃避現實起來。有一天，上帝顯靈，他們會義無反顧，做最虔誠的教徒。我沒這種天分，就算上帝站在跟前，我也當他是常人。我只能做一個無所謂執著或不執著的人，充滿矛盾地投向虛空，融入虛無——不是相對於有的無，而是談不上有，最終連虛無本身也消解的空。

很奇怪，意思明明很冷，表達起來又那麼熱。我甚至懷疑，這真是虛無？周保松說：「你們都是獨一無二的松子。」陳日東說：「我們都是可有可無的灰塵。」這工整的對立，幾乎如光譜的兩極，展現生命情態寬廣的可能面貌。我想起了英瑪褒曼的電影，如《沉默》，如《假面》，都借角色人生觀之反差，逼出張力。可能是兩個人相異的面貌，也可能是一個人內心兩面之糾纏，或用詰問非難，或以沉默抗擊，有時互相依存，有時亟欲背棄，結果都靠對方來定義自己，同時在種種碰撞裏頭，把觀眾從生活提升，思考生命。

陳日東說，跟周保松經年累月的切磋過後，「他不再給我貼上『膚淺』的標籤，我那頂『中學教師』的帽子亦再沒套在他頭上。寫這篇文章，正好讓我深入思索我們的異同是如何辯證地統一起來。一個虛無主義者，一個熱愛生命的人，到底需要甚麼才能調和兩人間的張力，促成良性互動，培養出心靈的默契和共鳴？這真是個有趣的問題。」是的，沒有陳日東此文作底色，沒有微塵跟松子對比，《走進生命的學問》無論如何不會如現在完整。

最後必須說，雖然慶幸周保松終可擺脱「中學教師」的揶揄，但芸芸中學教師，在忙碌的工作之餘，還要擔心「國民教育」的來襲，惶恐終日，未必都能感受日光的明媚、空氣的清新、生命的美好啊！

《明報》 二〇一二年五月二十七日

《蘇東坡傳》的兩個中譯

不是我們選出來的政府，甘為一個缺德而又以摧殘我國傳統文化為己任的政權舐癰吮痔，推出的所謂「德育及國民教育科」這八字名目，唯一童叟無欺的，自然只有中間那個「及」字。中國文化因為政局變遷而幾經中斷，能對前人留下來的好東西着緊一些，已是很好的教育，何必挖空心思推陳出新。

且舉關心吾國吾民的林語堂為例。他幾本重要的著作都用英文寫成，《蘇東坡傳》即是其一。書名原為 *The Gay Genius: The Life and Times of Su Tungpo*，中譯本一般隱去「快樂天才」，也不見「時代」。此書成於一九四八年，國共內戰還未結束，其時旅居美國的林語堂，於書中便屢借批評王安石來諷刺共產黨。一直想擁有此書英文原著，一直沒找到，唯有半信半疑在網上訂購 Hesperides Press 的昂貴版本。得書才發現那大概是個盜印本，拿了某個孤本影印編成就是，原書的間線及圈點一併收存，圖片模糊不清，還要漏印了兩頁。但有書可讀總是值得高興的，於是也找來通行的兩個中譯本對讀，一本由遠景出版的宋碧雲翻譯，一本由天地圖書出版的張振玉操刀。

林語堂在書的首句開宗明義："There is really no reason for my writing the life of Su Tungpo except I want to do it." 他對東坡熱愛又熟悉，在書中信手引用了大量東坡詩文信札，並把他們譯成英文。可惜他沒有另寫一部中文本，引文要一一找回出處，便苦了中譯者。張振玉在譯者序說，書譯到中途，才得知宋碧雲的譯本剛剛出版，嘉許之餘，也借用了許多資料，並申謝意。宋碧雲則在譯者序說，有時候譯一頁原文，動筆的時間不到一個鐘頭，查書倒花了五六小時。在電腦還未那麼先進的時代做這樣的差事，除非對東坡的一字一句了然於胸，否則其難可知。

論譯筆，宋碧雲平穩而力求不失，張振玉則訛誤頗多，文句壞起來時也壞得一發不可收拾，如「韓愈降生也是屬於同樣的星座」（頁十九），如「雖然不需大才即可預知，蘇東坡卻在事前早有準備」（頁三二〇）。但張譯最嚴重的問題，還是在處理引文時的粗疏，顯然易見的錯誤不少。對照他在序言說，幸得宋碧雲譯本作前車之鑑，可資參詳，就尤其難以接受。

舉例而言，東坡在黃州曾提三十二字自儆，林語堂譯首句作 "To go about by carriage is a good way to acquire infirm legs"。張振玉的版本竟作：「出與入聲，厥脛之機」。吟安入聲字，最多使人搖頭晃腦，何以會雙腳殘廢？原來是「出輿入輦」，說的是達官貴人整天坐車不走路。東坡屢受政敵攻訐，有次引《詩經》〈民勞〉兩句形容王安石為相時之民生苦況，即給對手拿來做文章，說他誹謗神宗。張振玉引此兩句作「民亦勞止，汔可小休」；宋碧雲則作「民亦勞止，願聞休息之期」。很明顯，宋碧雲查過東坡原文，張振玉沒有。

除了翻譯水準之高下，比對原書與兩個譯本，還有不少有趣發現。首先，《蘇東坡傳》既然是寫給外國讀者的，不少解釋自然會遷就西人，以便理解。是以述及東坡出生地四川，林語堂便謂其「跟德國差不多大」；東坡貶謫惠州時在紹聖元年，林語堂也於句下補充，「即十字軍東征前兩年」。為傳神故，兩位譯者都將之翻譯回來，一般問題不大。但有些獨特的枝節，卻是度身訂造一樣寫給美國讀者的，照譯成中文的話，中文讀者反而不會明白。

林語堂在譯介東坡之餘，也致力宏揚中國傳統文化，所以談到三蘇的名字時，便像為西人補課一樣旁岔一筆，講解古人名、字和號的分別，最後還提到，假使是全國知名的大人物，大家便會以其故鄉之名稱之，然後舉例說：“A Chinese Wendell Willkie might have been known as ‘Indiana Willkie’.” 問題是，誰是 Wendell Willkie？原來是羅斯福在一九四〇年美國總統選舉中的對手。宋碧雲緊貼原文，譯做「中國的溫德維基也許會被人稱為『印第安』維基」；正確，但不好。張振玉則把這位美國人換成曾國藩，把這句簡單改譯做「如曾湘鄉」。單看此句，張譯似更照顧中文讀者，也更能發揮這句在原文的闡釋作用，所以較佳。

另一問題則是古文。林語堂在書中引錄東坡的尺牘詩文，譯成英文，自不難懂。但面對中文讀者，譯者應該引錄東坡原文，還是將之語譯成白話？這牽涉對讀者的估量與要求：古文太多或會拒人門外，白話太多又易糟蹋東坡文辭之美。相較而言，宋碧雲的譯本文白佈置較佳，往往更能保持東坡原文風貌。反之，張振玉的譯本則屢有突兀的文白夾雜。例如呂晦意欲彈劾王安石一段，便有以下幾句：「司馬光說：『吾等焉能為力？他深得人望。』呂晦大驚道：『你也這麼說！』」儼然跨時空對話，可算是真正的代溝。又例如，林語堂曾引錄〈後赤壁賦〉原文，張振玉如此翻譯：「不久，一個人說：『月白風清，如何度此良夜，方為不虛？我們好友相聚，竟沒有酒菜，豈非美中不足？』」。按東坡原文有「月白風清，如此良夜何」兩句，「方為不虛」乃譯者所加，後三句則是其語譯。這樣相混起來，便不倫不類。

最後還有個地方不得不提。林語堂在第二十一章談到東坡受政敵誣陷，並謂以謠言中傷論敵、不予人自辯機會的卑鄙手法，實是古已有之，然後筆鋒一轉：“Only in modern days has it been elevated into a part of Communist revolutionary tactics." 宋碧雲譯作「只是現在升格為共黨革命的戰術之一而已」，平白無誤。再看張振玉的翻譯：「只是到了現代，這種方法身價提高，變成某些人的戰術罷了」。撇開譯筆，"Communist revolutionary" 一下就變成不知名的「某些人」了。譯者自甘毀棄學術誠信，無話可說，但這似乎也配合出版社路線——天地版的《蘇東坡傳》於書末特附梅中泉的〈編餘絮語〉，最後一段，煞有介事批評林語堂對熙寧變法的評述，謂其「持的是保守派觀點」，強調王安石實為「抑制大地主大官僚」云云，最後則當然是以「瑕不掩瑜」作結，否則書也一定出版不成。

諷刺的是，林語堂在書中曾大段引述東坡的〈上皇帝書〉，提及台諫存在之由，正在「天下公議」四字。我想，文化事業如翻譯及出版，同樣當遵從天下公議，既然付梓出書，便當相信讀者自己的判斷，前題自然是確保內容不經竄改。若連基本事實都無由知道，不容討論，談更多文化，更多教育，都是空話。

《明報》 二〇一二年七月二十九日

今次簡單討論了《蘇東坡傳》的兩個譯本。至於林語堂的文筆與蘇東坡這個快樂天才，下回再續。

驚睡覺，笑呵呵，林語堂與蘇東坡

話説一個叫郭功甫的詩人，有次帶着自己的詩探訪蘇東坡，大聲朗讀之後，便請東坡評分。「十分」，東坡説。詩人自然高興，但東坡轉瞬補充：「七分來是讀，三分來是詩，豈不是十分耶？」古書沒記載郭功甫的反應，大概是笑在一起掩飾尷尬吧，暗暗也可能從東坡之風趣，滑移到詩不合格只得三分之自嘲。

幸好人還懂得笑，否則世界一定艱難許多。蘇東坡固然是才高屢黜，林語堂臨離開中國擲下的〈贈別左派仁兄〉，也顯得傷感而無可奈何。但讀林語堂的《蘇東坡傳》，卻真有一種樂在其中，分別寄居在東坡的豁達一生，和林語堂的活潑文字。林語堂在前言説，赴美時帶了許多東坡著述，因為一直希望為他寫書："and even if I could not do so, I wanted him to be with me while I was living abroad." 此句用的是him而非his books，見書如見人，一往情深。這樣的民國人寫這樣的北宋人，也是難得的契合。東坡知道應會微笑點頭。

政見與東坡相左的王安石，自然是書中的大反派。林語堂既借北宋反映時局，諷刺共產黨，寫起來，王安石可能比實際還要剛愎自用。這位拗相公不單希望革新政治經濟，就連經書注疏和文字學都有創見。跟東坡一樣，林語堂沒放過訕笑他的機會，譬如形容王安石那種「波為水之皮」的文字學，"would make any philologist weep"。但偶爾也懷疑，林語堂心中是否真有王安石。例如寫到他的性格，一跳就扯到希特拉："Like Hitler, he exploded in fits of temper when he encountered opposition; modern psychiatrists might classify him as a paranoiac." 語氣這樣重，莫非林語堂在這段國共內戰的時期，早就預見獨夫坐大，國運微茫？

王安石還算好，因當權派不乏卑鄙小人，排斥與攻訐不在話下，最壞的時候，真想過要了東坡的命。東坡被誣告，收監，據云一度想過自殺。後來一直被愈貶愈南，最後竟到了儋州，即海南島。境況如此淒苦，東坡自不免有消沉的時候，但他的和樂與才情，卻愈顯得明亮可貴，林語堂的書名 *The Gay Genius* 可算得其精神，唐人韋莊在〈天仙子〉的「驚睡覺，笑呵呵，長道人生能幾何」幾句，用來描述他也貼切不過。

東坡死前不久，曾寫〈自題金山畫像〉，末句以三個貶謫之地歸結一生：「心似已灰之木，身如不繫之舟。問汝平生功業，黃州惠州儋州。」在黃州，東坡四處遊歷散心，寫下〈前赤壁賦〉、〈念奴嬌赤壁懷古〉及〈記承天寺夜遊〉等名篇。林語堂說："These alone more than justify sending the poet into imprisonment." 貶得好。在惠州，當東坡知道自己不在朝廷特赦之列，便寫信給親戚：「但譬如原是惠州秀才，累舉不第，有何不可？」退一萬步，一下把自己想像成惠州的庸才，考來考去考不到科舉，還不是如他一樣，滯留惠州？東坡在另一封信則說，算吧，離開官場是解脫，做惠人也悠然自得：「某既緣此絕棄世故，身心俱安，而小兒亦遂超然物外，非此父不生此子也。呵呵。」被貶本非樂事，難得東坡有閒情稱讚兒子，忍不住也信手讚讚自己，最終還要送人一個笑哈哈！看見最後那「呵呵」，幾乎能遙見他掩嘴的得意。

在儋州，年老的東坡自然想過會客死異鄉。他倒先吩咐兒子：「死即葬於海外，生不契棺，死不扶柩，此亦東坡之家風也。」人總有一死，不必多事，這是豪邁。但孤絕的境況不免教人沮喪，他曾在日記抱怨：「吾始至南海，環視天水無際，悽然傷之曰：『何時得出此島也？』」。他渴望逃脫，但過了一會，又想到「有生孰不在島者」的道理。人總是在島上生活，不過島有大有小，他棲居的島小一點而已。

能把所有道理收在三十字內的王爾德說："Imagination is a quality given a man to compensate him for what he is not, and a sense of humour was provided to console him for what he is." 庸才偶然都會想像自己其實是天才，待失敗了，幻想破滅，又會嘲笑自己

果然不是天才。但就算真是天才又如何？人都如此有限，而自己又總比別人好笑。

林語堂深明此理，《蘇東坡傳》有段專寫自嘲，借希臘諸神與基督教的上帝之比較，說明人的特質，以及自嘲為何是種美德："If philosophy has any value, it teaches man to laugh at himself. [...] I do not know whether we can call this laughter of the gods or not. If it were the Olympian gods who were full of human mistakes and foibles, they would have frequent occasions to laugh at themselves; but a Christian God or angels could not possibly do this because they are so perfect. I think it would be a greater compliment to call this quality of self-laughter the unique saving virtue of degenerate Man." 這簡單幾句，可算後來艾柯（Umberto Eco）寫《玫瑰的名字》的起點。何況除了自嘲，笑的顛覆力量畢竟太大，有權力的人當然希望多加制約，阿里士多德《詩學》論喜劇的半部才因此失傳，只剩下悲劇。《玫瑰的名字》書成時林語堂已經過身，要是讀到，一定也會微笑點頭。

林語堂多用英文寫專著，中文則留給散文。他散文走的是明末性靈派一路，〈序《人間世》及小品文筆調〉多少是自況，離魯迅說的匕首投槍頗遠。他寫那種一則一則集腋成裘的文章便很有趣，例如在〈有不為齋解〉，列舉自己有何不做：「我不請人提字。我始終背不來總理遺囑，在三分鐘靜默的時候也制不住東想西想」等等。最後一則說得老實：「我從不泰然自若；我在鏡子裏照自己的臉時，不能不有一種逐漸而來的慚愧。」他為自己創辦的《論語》半月刊寫的〈論語社同仁戒條〉，也字字珠璣，盡見雜誌的格調與態度，寫在括號入面的話尤其精彩。最後三條很有意思。第八，是「不主張公道，只談老實的私見」。第九，是「不戒癖好（如吸煙，啜茗，看梅，讀書等）。並不勸人戒煙」。但我最喜歡的，還是壓軸的第十條：「不說自己的文章不好」。

《明報》 二〇一二年八月二十六日

雞鳴不已

九月初，風雨如晦，在讀趙越勝的《燃燈者》。書中只有三篇文章，〈輔成先生〉、〈憶賓雁〉和〈驪歌清酒憶舊時〉，篇篇好看，尤其是長百餘頁的〈輔成先生〉，今日讀來，更是不勝噓唏。

趙越勝在「文化大革命」期間負責在工廠造地雷，後來卻有機會跟隨北京大學哲學系的周輔成教授讀書。文章前部從一九七五年寫起，到一九八九年之間的十餘年，幾乎是逐年寫下去，從一師一徒的視角，看着身邊風起雲湧，只是二人渴望求知這一點，始終沒有變更。

對於一個虛怯的政權而言，獨立之精神，自由之思想，都非常危險，所以愈要阻止知識流佈，抑壓思想。由是，求知便成了更危險的事情。哪些書可收藏、可內部發行、可傳閱、可接觸，都跟政治緊緊扣連。讀〈輔成先生〉，每次書本出現，都覺得特別吸引：知識在重重壓抑底下，就像驚天秘密，知道了，總不免戒慎恐懼。

輔成先生知道趙越勝對康德有興趣，有次便借他厚厚的一冊《康德〈純粹理性批判〉解義》。趙越勝說：「我謝過先生，回到座位上翻看，突見書中夾着一張紙條『供工人師傅批判參考』，心頭一緊，才意識到先生授我此冊是冒着風險的。」輔成先生如此小心，除了因為七十年代的形勢，當然也與自身經歷有關。看看他的歸納便自然明白：「四十年前，共產黨掌權，當時我在武大任教。看到老百姓『簞食壺漿，以迎王師』的熱情，心想中國可能得救了。五十年代洗腦，誠心誠意批判自己的資產階級思想，把自己多年的學術成果罵得一錢不值。文革十年住『牛棚』，反而心平氣和，開始想共產黨是不是也會犯錯誤，改革十年可謂大夢初醒，覺四十年前我並無大錯，是共產黨錯了。想想這些，真有一種解放的感覺。」

知識都是麻煩的事。楊絳在《洗澡》末段，便曾描述五十年代，一個個讀書人如何輪流在群眾面前自我批判，希望過關，情境相當荒謬。但輔成先生上面的一番話最諷刺的，想必還是末句的「解放」二字。一個以解放為號召的政權，最擅長的原來還是箝制。四十年過去，輔成先生一句「真有一種解放的感覺」，就更饒富深意了。

但文中最令人深刻的一部書，還是拉波哀西（Étienne de La Boétie）的《自願奴役論》：「先生又走回書桌，拉開抽屜，拿出一疊紙，說這篇東西你可以讀讀。請人譯了，但沒有收入資料集。我接過手，見是手稿，極工整地謄寫在方格稿紙上，是拉波哀西的《自願奴役論》。先生囑我一定保存好稿子，讀完還給他。説僅此一份，沒有副本的。我小心把稿子放進書包。先生見我放妥帖了，又説，托爾斯泰是流淚讀這文章的。我竦然。回去展讀這篇手稿，一連串的句子敲擊心扉。」

那麼珍而重之，那麼稀罕，《自願奴役論》究竟説了甚麼？在〈輔成先生〉，趙越勝像文鈔公一樣，特別大段大段引錄了拉波哀西的文字。我想，在這裏重現部分引文，將有助我們理解輔成先生那謹慎的叮囑，趙越勝一下一下的心跳。緊記，那還是在文革尚未終結的時候。

拉波哀西説：「我只想弄清楚，怎麼可能有這麼多的人，這麼多的鄉村，這麼多的城市，這麼多民族常常容忍暴君騎在自己頭上。如果他們不給這個暴君權力，他原不會有任何權力……只要國人都不願受奴役，自然不戰而勝。不必剝奪他甚麼，只要不給他甚麼就行了。國人無須為自己做任何努力，只要自己不反對自己就行了……人們完全忘記了自己的自由，所以要喚醒他們把自由收回來，是困難的。他們甘願供人驅使，好像他們不是喪失了自由，而是贏得了奴役。」

拉波哀西接着説：「人們最初是受迫才供人驅使的。但是他們的下一代就再也看不見自由，他們已經無所遺憾地供人驅使了。他們自願地完成着他們的前輩只是由於強迫才去做的工作。所以，生於羈紲，長為奴隸的人，都把他們出生的環境，當作自然狀態。竟然從來不願意看一看自己的遺產證書，以便弄清楚他是不是享有了全部遺留給他的權利，人們是不是從他自己身上或者他的前輩身上剝奪了甚麼東西。」書是作者在七十年代讀的，〈輔成先生〉是他在二〇〇九年寫的，幾十年又過去了，趙越勝總結道：讀書思考就是為了提醒自己不要淪為奴隸而不知。

「思想」和「教育」兩個詞語本來相安無事，但在近代中國，他們卻不幸變成了令人望而生畏的組合。當然，使人成為奴隸的絕對不只「思想教育」，有人是金錢的奴隸、名譽的奴隸、種種意識形態的奴隸，真的都要多反省，才能把自己解放出來，如同早上曉暢的雞啼，使人覺醒。

《明報》二〇一二年九月六日

稱職的狐狸

雷競璇先生最近做了兩件事，知道了覺得都非常好。其一，是他在蟄伏之後，重寫專欄，一如舊作《據我所知》，一篇文章就專心說好一件小事，有幾多材料說幾多話。其二，是他把幾千本藏書捐贈中文大學，讓師生認領回家。前幾天，他還跟林道群在中大辦了場講座，我去了聽，回家路上就想着要重讀《據我所知》。

書中有〈罵人之種種〉一篇。雷競璇一開始寫道，一九七三年，余英時先生出任中大新亞書院院長，並開授「中國近三百年學術史」一課，在新亞歷史系讀書的他自然慕名修讀。課上集中講解戴震與章學誠，後來余英時還就此寫成專書。這本《論戴震與章學誠》我不久前讀過，最深刻是他在〈章實齋的「六經皆史」說與「朱陸異同」論〉一章，談到章學誠把學者分做「高明」與「沉潛」兩類時，突然宕開一筆，以英國學者柏林（Isaiah Berlin）狐狸與刺蝟的二分為喻。狐狸天性好奇，四處奔走；刺蝟相反，只愛拳曲一隅。兩者之分別，正如希臘詩人亞基羅古斯（Archilochus）所說：「狐狸知道很多的事，刺蝟則只知道一件大事。」動物形象生動，余英時借之闡釋章學誠所言，再把章學誠比作狐狸當道的一隻孤獨刺蝟，實在巧妙。

礙於狐狸給人狡獪貪婪的想像，我們大概覺得做悠然自得的刺蝟較佳。但柏林這分類似乎只重性情所向，不涉高下判斷，何況狐狸東找西找也很辛勞。重讀《據我所知》，感到雷競璇展示的正是：要做稱職的狐狸也不容易。

《據我所知》分論事、識字、看戲、察物四部，涉獵的範疇跨越歷史、地理、文學、藝術等，在不同的知識領域一點一點地添加、修正與提醒。雷競璇求真的態度嚴謹，自我要求很高，重點還是於其所不知，蓋闕如也，不騙自己不騙人。例如前後相應的〈糊塗賬〉與〈肖姓後遺症〉便是上佳例子。

〈糊塗賬〉從他一次在報上看見某個肖姓商人寫起。他懷疑姓「肖」是姓「蕭」之另寫，希望確定究竟有否「肖」這一姓氏：「因為好無中生有習慣的驅使，我開始追查起來。」文章重現了他印證這直覺的過程，他為此翻過的書，計有《元和姓纂》、《通志略》、《姓觿》、《姓氏尋源》、《辭源》、《辭海》等多種。花了那許多工夫，效果一定理想嗎？顯然不是。雷競璇到最後還是無法下一判語，正正因為找到的證據還未夠，只好於文末承認不足：「我感到有點對不起讀者，本來想為大家查個明白，結果弄得甚為糊塗。」狐狸忙了半天，走遍森林，最終卻一無所獲，還有點頭昏腦脹；在月下搓着頭的背影便很教人同情。

〈肖姓後遺症〉是續篇。事緣〈糊塗賬〉見報後，林行止曾為文商榷，雷競璇按線索查核，再作引申，如是總結：「現在幾經周折，其實弄明白了的只有一點，即姓氏中的確有這樣罕見的一個肖姓。」如此努力，弄明白的真的就「只有一點」，少是少了，總好過不明不白。結合這兩篇文章，乍看瑣碎的題目，卻開闢出蜿蜒的求真之路。霧裏看花時固不得妄下結論，當別人提出有力證據時，唯有修正看法，為的當然是建立更可靠的知識。

〈讀季羨林的書〉也可見雷競璇治學之道。篇中有這質樸的一段文字，清澈明亮：「在知識的追求上，才情與學養有時不免有矛盾的關係。才情較多來自天賦，學養則由於積累。最好當然是兩者兼而有之，不然的話，對一般人來說，是寧追求後者莫妄求前者。」有這一層鋪序，雷競璇便引出他讀季羨林的書，最大的感觸是「其學可學」，而不像王國維等，只能仰慕，不宜學。不過，他寫季羨林亦非全是讚許，跟一頂大師帽子擲過去的溢美文章相比，更是判若雲泥。雷競璇在盛讚《佛教》一書之後，即表達了對季羨林尤重《牛棚雜憶》的疑惑，然後更借黃賓虹論中國文化之渾、厚、華、滋四點，評季羨林雖然渾厚，卻欠華滋。文章附有後記數行，很有意思。話說季羨林輾轉讀到雷氏此文，說想不到香港竟有讀者如此用心細讀自己的文章。雷競璇知道後，自謂受寵若驚，喜出望外。

話說回來，我想「其學可學」四字，用在雷競璇身上也貼切不過，且借他闡釋季羨林「其學可學」時所言：「任何人肯老老實實地在自己的學科中下同樣大的工夫，都可以弄出相稱的成績來。這個說法看來顯淺，也屬老生常談，但真正做起來，卻不容易。」做刺蝟難，做稱職的狐狸亦不易。

回到文章開頭提到雷競璇最近做的兩件事。其一，重寫專欄。這令我想起《據我所知》〈後記〉的最後幾句：

> 人活得年紀大了，書讀得多了，經驗豐富了，可能會覺得有很多話要說，覺得說出來的話都有價值，這是一個類型。我自問屬於另一類，而且是愈來愈覺得，能夠說出於己於人都有益有意義的話，真是不容易。這幾年是由於很少感到有話要說，於是也就很少執筆了。希望讀者在這本書裏讀到他們覺得有意義的東西。

真是謙遜得動人。讀了上面這段文字，自不難明白，何以雷競璇重寫專欄的首篇文章，題目就叫〈敬惜字紙〉。

其二，捐書予中大。我想起了最近讀《余英時訪談錄》，見他憶述錢穆先生之教誨，也知道他一九七三年回中大任新亞書院院長，既因這乃赴美作訪問學人之合約，亦出於義務。於是，那年雷競璇才能受其教導，並在討論章學誠的期終論文，得到余英時「批評古人過勇」的評語。雷競璇最近有兩篇好文章，談的正是錢穆。我想，關於捐書結緣之盛事，關於大學精神與文化香火之繼承，大概可用錢穆的半幅對聯作一小結：「天道好還，人文幸得綿延。」

《明報》　二〇一二年十月十四日

陳義略高也無妨

早前得友人贈書，是邵祖平的《詞心箋評》。邵祖平字淡秋，章太炎學生，工詩詞，曾任《學衡》編輯。偶然發現，也是章太炎學生的魯迅寫過一篇〈估《學衡》〉，其中幾句，嘲笑那時才二十出頭的邵祖平刊在《學衡》的舊體詩〈漁丈人行〉。詩中有「覆巢之下無完家」一句，似為湊韻，典故的「無完卵」就給改成「無完家」，於理不通。魯迅極盡挖苦之能事，但最少能把話説得好笑：「押韻至於如此，則翻開《詩韻合璧》的『六麻』來，寫道『無完蛇』、『無完瓜』、『無完叉』，都無所不可的。」

《詞心箋評》是邵祖平四十歲後的著作，一九四八年付刊，復旦大學出版社幾年前重出，正體直排，友人在中環的上海印書館購得。標價二十六元，在中環連一頓午飯都吃不到了。《詞心箋評》由邵祖平的講課筆記編成，〈凡例〉説明立意何在，選詞準則如何，寥寥數語，都是眼光。如首條簡釋「詞心」一語之來歷，並開宗明義，表明「本編所選極嚴」。第二條貶錢牧齋和張皋文等注家，突顯此書不重詞作之譏刺影射，只重詞心。餘下數條，莫不有種因識見而來的信心，話說得確切，不留餘地。例如第六條說「本編所選不求備格，如於詞心不能尋繹者，其篇製概不甄入」；第七條說「詞旨屬對，詞旨警句，最害詞學，本編概不引用」。不貪多，不人云亦云，獨依鮮明的取捨，為「詞心」劃出限界，提供範例。如此一來，夏承燾在序言說《詞心箋評》「陳義且高於皋文、靜安所云」，就無關溢美，而是看清邵祖平這取法乎上的用心了。

評論家是守門人，要求嚴格，不是為了令自己鬱鬱寡歡，也不是崖岸自高趕絕和者——他們都在披沙揀金，讓人認住金的光芒，下次自己去分辨金沙；訂定水平，說清準則，提出看似必須但往往早被忘卻的問題：在一個領域裏頭，最重要的究竟是甚麼？邵祖平的答案便是「詞心」。乍聽有點空泛，但一旦追問如何才能在詞裏以己心感人心，自然就回到更根本的問題：詞是甚麼，特質為何？

邵祖平先在〈自序〉為詞叫屈：「詞名『詩餘』，宜其從詩來，顧余以為『餘』者，『裕』也。」詞之豐饒如何見得？他推許唐宋詞「不及政治，不涉倫理，無所為而作，引人同情」，然後以西方短篇小說為喻，以為二者同重在捕捉那忽然而來、杳然而去之靈感與片段，最後再推一步，斷言詞更勝詩：「至於誦唐宋名家詞，作家初非有倫常慘痛，只以惘惘不甘情緒，寫出迷離惝恍語調，煙柳受其驅排，斜陽赴其愁怨，擁髻逐其淒訴，迴腰窮其娭盼，諷之數復，令人惆悵低徊，欲罷不能，殆不知其所措，此種情況，讀詞者必能自得之，則詞心之感人勝於詩遠矣！」詞心究為何物，或許難以釐清，邵祖平此處是不落言筌，借漂亮的畫面與文辭，點出詞之特點，讓人自行領會：不一定宏大深沉如詩才好，詞表現的微小淡薄，轉瞬即逝，都自有美感，視乎讀者能否得之於心。

書中除〈自序〉外，另有〈序說〉一篇，以三頁歸納唐宋詞學發展，品評各家優劣：李煜、馮延巳、周邦彥、李清照備受推崇，但柳永、賀鑄、張先到周密等等，則是一字排開，逐個給邵祖平評頭品足：「耆卿踈蕩綺膩，過傷狎媟；方回悱惻芬芳，苦乏典重；子野韻高而少開闔；白石致高情寡，生而不辣；梅溪格卑情濫，熟而不生；碧山騁於詠物；玉田疲於琢句；竹屋草窗，則自鄶以下無譏焉！」

話雖如此，邵祖平此處評為「苦乏典重」的賀鑄，於書中比重之多卻有點不成比例，全書二百餘首詞中，他一個人就佔了廿四首，幾乎是十分之一。反觀未受半句批評的蘇東坡和辛棄疾，兩人詞作加起來才十八首，不及賀鑄一人。這重婉約而輕蘇辛的取徑，與胡雲翼在六十年代編注的《宋詞選》分別尤為明顯。但相較而言，《詞心箋評》要比《宋詞選》好看得多。二書性質固然不同，但這也顯出除了選詞準則，邵祖平的箋評正是書中關鍵。

既非詳注或集評，邵祖平自無庸字字解說，或於名物訓詁多下工夫。是以他的箋評不一定詳盡，有幾篇更只列詞作，不附箋評。他通常是先列幾個前代注家所言，品評一下，再引申到自己的意見；文辭之間，總是充滿感情和看法，頗符〈凡例〉第三所言：「取諸前人者十之六，妄逞胸臆者十之四。」而我們都知道，不是人人都有本事這樣謙稱或笑稱自己在妄逞胸臆的。

且舉賀鑄的〈小梅花〉為例。邵祖平先是稱許賀鑄「驅役古辭，入我筆端，持鐵如意，碎萬琅玕，方回此作，有睨視青天、旁若無人之概」。之後借編纂《全宋詞》的友人唐圭璋一問，講解詞中「作雷顛」三字的意思：「郎當謂顛狂，然則雷顛其謂雷大使乎？圭璋以為然，異日且告我雷大使名中慶也。」然後再一一點出賀鑄挹彼注茲、借用唐人成句的地方，篇首的「驅役古辭，入我筆端」兩句乃有着落。但邵祖平箋評之個人面貌，尤見於最後一段：「昔年喜方回此調意態橫逸，音節票姚，曾次韻依和一闋，附錄于此，以發知音一笑。」於是便列出自己的和作。邵祖平箋評之意態橫逸，或不下於賀鑄此詞。

但和樂之外，有時也見作者心事重重。於吳文英之〈高陽臺〉後，邵祖平如是說：「乙酉上巳禊集成都武侯祠，時美總統羅斯福新逝，美對華外交有遷變訊，而頑鄰尚無降服之意，誦夢窗此詞，愈加感喟；因用其韻倚和一闋，附記於此。內心之感相同，不敢以嫫母之容，唐突臨鏡之西子也。」上巳是農曆三月三日，有郊遊修禊之俗。查乙酉年三月三日，即一九四五年四月十四日，二戰尚未結束，致力援助中國對抗日本的羅斯福逝世第三天。詞中「乍重三，臨水難歡，攬蕙堪吁！」幾句，即是因其惘惘不甘情緒，而寫出來的迷離惝恍語調。

邵祖平其時當然沒法知道，幾個月後日本就要投降了，只是教人難歡的事情陸續有來，層出不窮。到了五十年代，他跟不少文人一樣，給打為右派；「文化大革命」時半生藏書都給抄收，一九六九年病歿，享年七十一歲。

《明報》 二〇一二年十一月四日

人和書的蹇途

兩個月前，讀到周保松傳來高爾泰寫的〈文盲的悲哀——《尋找家園》譯事瑣記〉，文章執著於求真，態度可敬，於是便想讀《尋找家園》。事關近代中國史，大陸版自多刪節，所以買來的，是台灣印刻的版本。封面黑白灰，近五百頁，感覺厚實沉重。

高爾泰今年七十八歲，專攻美學，《尋找家園》是他對幾十年苦難的憶述，「反右」時被送往勞教，後來在「文化大革命」受批鬥，八九民運後第三度入獄，最後經香港流亡美國。歸納起來都是寥寥幾句，唯幾句能歸納的，想必比失去的多，所以就有了書。在書中，高爾泰沒困在自己的悲情之中，文字和感情都克制，對經歷以及書的寫法，一直清醒。知道了全書結構，就更明白他在〈文盲的悲哀〉的感慨，以下以其文其書，兩相發明。

《尋找家園》幾年前在內地出版後，頗受注目，有出版社希望將之譯為外文。高爾泰不諳外文，自稱文盲；悲哀，則是譯書過程中之感受，既因中間人不老實待人，也因翻譯者不尊重作品。高爾泰説，幾經周折，書終交給一個地位顯赫的譯者「G先生」手中。書很快譯好，高爾泰卻發現大有問題，於是不得不拒絕出版，再另找譯者。不難查出，此「G先生」就是美國譯者葛浩文（Howard Goldblatt）。

〈文盲的悲哀〉寫的，固然是高爾泰的一面之辭，但就算一個人落口供，也有疑點重重和合理統一的分別，所以可先看看他的話：「G譯和原文最大的不同，是加上了編年：一九五六、一九五七、一九五八……並根據這個先後順序，調整和刪節了原文的內容。由此而出現的問題，不在於是否可以在直譯和意譯之間進行再創造，也不在於是否可以按照歷史的原則而不是文學的原則來處理文本。問題在於，所謂調整，實際上改變了書的性質。所謂刪節，實際上等於閹割。」

讀過《尋找家園》，自然明白這改動對原作的破壞。書按時序分為三卷，卷中散文，獨立成篇，重在寫人，對事件的交代相對放輕。於是，同一件事，就會前後散落在幾篇文章裏頭，有時過了一會，又會回到作者先前的經歷，有點像劉知幾批評《史記》的幾句話：「若乃同為一事，分在數篇，斷續相離，前後屢出。」

但這顯然是高爾泰的取捨。他着眼的，總是人在各處境下的反應和精神面貌，而不是記錄歷史事件。不過，雖然書中如〈常書鴻先生〉及〈王元化先生〉等篇很像列傳，〈鐵窗百日〉的末處尤似為那些「在力所能及的範圍之內盡量減少無辜者的痛苦」的獄警立傳，但拿《史記》來比附，未免擬於不倫。這是因為，高爾泰清楚知道，他的自傳散文，不是歷史撰述。

〈文盲的悲哀〉寫得精準：

有關憶述，獨立成篇，一個人一個故事。故事的分量和長短，不取決於見面時間的久暫，全是自然而然。無數小正常，集合成一個大荒謬，也是自然而然。所謂自然而然，這裏面有個非虛構文學和歷史的區別。前者是個體經驗，帶着情感的邏輯，記憶有篩選機制，有待於考證核實。在考證核實之前，不可以稱為歷史。怎麼能將不同時期的細節調換編年，賦予一個統一的歷史順序，納入一個公共的大事框架？

主觀是事實，雖然這詞語像變了魔咒令人不安；結構看來零散，也與記憶的性質有內在關連，何況在那資訊封閉的年代，見聞與認知，必然都充滿暗角。《尋找家園》的寫法，最少是作者的取態。強以編年的體制令記憶看來齊整，實在於理不通。除了編年的改動，〈文盲的悲哀〉也逐一列出譯本對篇題和內容的改動，在在改變了書的面目。這對一個以美學著稱的作者來說，肯定是更大的傷害。

引文提及的小正常集合成大荒謬，亦足細味。正常和荒謬的界線，在亂世當中，尤其左搖右擺。譬如說，高爾泰從勞教農場出來後，到了敦煌莫高窟做研究。一九六六年，為紀念莫高窟建成一千六百周年，研究所收到毛澤東傳下批示，紀念活動要突出政治，增加項目。那可以是甚麼？答案竟然是：「開創一個社會主義時代的新洞窟」！正如卡夫卡的《蛻變》，開頭是荒謬的，各人接下來的反應，卻很正常。所以，研究所各人的反應，就是立刻討論應在空窟畫些甚麼壁畫。

關於這種正常與荒謬的交纏，書中〈幸福的符號〉其中幾句，可謂刻畫入微。其時高爾泰被送往甘肅夾邊溝勞教，一天，在牆上看到多篇工人為參觀團而寫的大字文章，對勞教的環境語多溢美，包括一首叫〈啊！夾邊溝！我新生命的搖籃！〉的詩，內容一篇比一篇駭人。高爾泰如是寫道：「沒有人能分得清這是嚴肅還是幽默，真誠還是撒謊。我相信，連作者自己也分不清。不，根本就沒人想到要作這種區分。」身在鮑魚之肆的主角，畢竟是異於鮑魚的人。但在昔日那艱難時勢，人都只是一團團魚肉，共同在刀俎之間擔驚受怕。那日常的荒謬，可算是另一種「當時只道是尋常」

吧。但反過來想，今日中國，就正常了嗎？抑或，比卡夫卡寫的更荒謬？

高爾泰在〈文盲的悲哀〉末段說，可幸，書最後找到了多賽特（Robert Dorsett）和卜立德（David Pollard）合譯，翔實盡責。可惜，書出來後，還是叫人失望。文學理論裏有「副文本」（paratext）一概念，以書為例，諸如書題、封面、排版、字體等都包括其中，因為他們都為書訂下不同的框架，或圓或方，影響讀者的期望，以及他們對內容的把握。《尋找家園》譯本的遭遇，便能說明這個概念。高爾泰說：

> 書雖出版，仍有遺憾，加了個政治性的副書名：「勞改營回憶錄」，不是我和譯者的本意。以一幅我的山水畫做封面，更加彆扭。如果說美國沒有近似的歷史，因此造成隔膜，那麼有過近似歷史的波蘭出版的、波蘭文譯本《尋找家園》的封面，卻是一群現代中國女民工的照片。我書中沒寫一個女犯（因為沒有見過）。照片上的人物，身體健康，衣服完整，不但迥異於夾邊溝人，也迥異於當年的農民。不識波蘭文，不知道譯文如何，譯者是誰，是誰同誰聯繫的，作者有無版稅。光看封面，不像是我的書。

高爾泰的心血，結果就在無知、誤解或市場考慮之間，變成了一本他完全陌生的書。最後一句「不像是我的書」，簡短悲涼。但他這譯書與出版的經歷，似與書中一撮人的遭遇相近。任他們再努力，可以把握的還是如此有限。但願明日中國，人可以活得更有保障，更加正常。

《明報》 二〇一三年一月六日

老人與樹

劉大任早前出版了短篇小説集《枯山水》，廿二個故事都寫老人，也寫他們身旁的植物。其中一篇名為〈冷火餘光〉，故事短促，末段幾句對白尤精煉。主角是個政治背景隱晦的老人，在一間天主教養老院內孤獨死去：

> 聯絡方式那一欄，很奇怪，只寫了一個英文字：Party。年輕的修女表示詫異：怎麼這樣荒唐？甚麼「派對」？到哪個「派對」去尋他的親友呢？
>
> 年老的修女説：不是「派對」，是「黨」。

劉大任於文末添補一句：「懷念瞿秋白、張國燾和他們的同類」。讀後不禁想，甚麼是同類？理解得寬一點，劉大任也算他們的同類。再寬一點，所有人不都是同類？年輕的修女容或稚嫩，但她口中的「派對」，無疑比「黨」天真可喜。

七十年代，在美國攻讀政治學的劉大任放棄博士學位，加入保釣運動，結果被中華民國政府吊銷護照，不准返回台灣。他加入聯合國工作，在非洲生活兩年之後，再度提筆寫作，為小說集《杜鵑啼血》寫成的代序〈赤道歸來〉，即談及重新創作時惹來的政治揣測。他在文中解釋了不用筆名的原因，都是自信創作能超脱政治，超越處境，亦像為自己立下準繩，用以衡量往後的創作：「對於藉小說的形體傳佈某種『福音』的做法，我始終抱着很大的懷疑，創作之所以吸引我，與其說是傳道解惑，不如說更在於那種起自凡庸平常而又有所超越飛昇的非世間的奇譎之美！」

最後這長句，是《枯山水》的代序〈想像與現實——我的文學位置〉之上佳對照。在文中，劉大任從想像和現實這兩種文學傳統說起，然後如此歸納：「文學跟所有其他藝術形式一樣，天生有個致命的敵人——平庸。」平庸是習見之肆虐，平日視而不見聽而不聞，最大的資源自然是情緒和無知。如何能起自庸常而不失於平庸，離不開積學酌理，也關乎作者對美感之把握。

劉大任雅好園藝，從植物得到之觀察與啟發，似乎有助他磨練創作。他在〈赤道歸來〉即曾提及一種名為*Micrococlia smithii*的蘭科植物，偶於近郊看見，影響到他七十年代末期的作品：「在我醞釀這些東西或住筆沉思的時候，眼前出現的，往往是這奇異而謙卑的小小蘭科植物，以及它那無莖無葉只餘根的常存與花的偶然的荒謬生命。」植物不理人世，有自己的時間和榮枯，莊子便說，上古有大椿者，以八千歲為春，八千歲為秋。但《枯山水》中的人與植物，都有種唇齒相依的關係，護得幽蘭到晚清，花就成了人的生活，成其命根，如〈骨裏紅〉的一株老梅：「老梅跟兒子同一年進入他的一線香火世界。有一種仿佛生命的重量。」

植物除了是其中數篇如〈貼梗海棠〉和〈珊瑚刺桐〉的主題，更是全書藍本。劉大任在〈後記〉說，《枯山水》多取法於盆栽專家陳耀廣的《盆栽的奧秘》。他從中歸納了七項盆栽設計的原則，引以為小說的美學指標。我特別喜歡第四條「非對稱的和諧」，第五條「冷酷暗示的壯美」，和第七條「暗示無限空間和可能」，因為他們都重在暗示，同時略帶矛盾的味道：奇與正，有限和無限，正配合劉大任解釋小說集之名為「枯山水」，實不在其枯，而在其活。讀〈從心所欲〉和〈惜福〉兩篇，尤其感到故事的動靜相交和人物的蠢蠢欲動。

辛棄疾晚年見客人慨然談起功名，戲作〈鷓鴣天〉，以「都將萬字平戎策，換得東家種樹書」作結。今年七十四歲的劉大任，常強調自己生性喜歡陽光，文字亦少自傷自嘲之意，但他手中的「平戎策」，果然變成了「種樹書」，書名還要是天真可喜的《盆栽的奧秘》。

我把《枯山水》讀了兩遍，第二遍倍加注意小說的布局謀篇。盤根錯節如〈青紅幫〉者，主角便要到往昔情同手足的朋友過身，才能從其遺孀在另一手足背上的輕輕拍摸，明白抑壓多年的關係；不是女與男的，而是男與男的。大家都明白，都沒說出來。畫面簡單卻富美感：黑沉沉的筆直西裝，一隻分外溫柔的手，但安慰的施受方向似乎不對，於是墓園旁那株別名「獅子頭」的日本楓樹，便更應景：

> 看外形，應該不到百年，但因為這個品種天生體態蒼老，主要枝幹偏愛增粗，不喜拉長，因此在短距離內，每每形成扭曲迴轉的造型，近看時，好像經過「縮骨術」的處理，不免覺得像侏儒，有一點「讓人難受」的感覺。

可以想像，放在此處的獅子頭形態沉重而紋理複雜，如同給時間層層積壓的心事。植物與人，配合得恰如其分。

亦有沖淡者如〈閒之一：冬天的球場〉。主角是兩名退休大學教授阿浦和阿潘，閒來打打哥爾夫球，談談古典音樂。但中間兩句對白，卻把平靜的球場，一下變成了質疑人生意義的荒島：

阿浦知道，他自從退休，離開一輩子熟悉的校園，音樂和高爾夫，幾乎是唯一的生活內容，研究工作，也大多停頓了。然而，搞了一輩子的物理，現在居然在音樂裏找神。這個，即使自己並非堅定的無神論者，還是無法理解。

「……工作吧，大概只有工作，才能勉強救贖……」浦老望着湖水上面的天空，說了一句自己也未必相信的話。

「還能做甚麼呢？做不做，又有甚麼關係？」

曾在書店工作的奧威爾（George Orwell）在〈書店回憶〉（"Bookshop Memories"）打趣說，不少客人討厭短篇小說，原因是要不斷適應一組組新的人物，未免費神。不過，好的短篇小說每能片言傳神，劉大任幾筆就勾勒出兩個教授的神髓，平時以阿浦阿潘互相稱呼，「只要有第三者在場，便恢復教授的身分，非公即老」。不以修剪枝蔓為己任，「非公即老」四字不可能乾淨如此。

《枯山水》裏的主角，大多是棲居美國的華人，尤其是讀書人。人老了，都在落日餘暉之中過日子，或在兒孫滿堂的新生活裏開花結果，或因回首時光微塵而感慨係之。讀完書，瞬間閃過的一個畫面，竟是白先勇〈樹猶如此——紀念亡友王國祥君〉的末段。白先勇為王國祥辦理後事之後，回家發現滿園茶花經已枯萎荒廢。幾經調養，一兩年後，冬去春來，一園茶花生得愈發茂盛，卻不掩西隅的一抹空白。印象中劉大任很推許白先勇這文章，不知跟最後這株株茶花，又有多少關係。

《明報》二〇一三年二月十七日

二・那裏的書

苦難與神話

希臘神話充滿智慧，也充滿苦難。那些神都有人的弱點，好色、嫉妒、猜疑，看看那幾個著名的懲罰，就知道他們心狠手辣得多麼細緻。

我最初讀的神話集，是美國教育家咸美頓（Edith Hamilton）成書於一九四二年的《神話集》（*Mythology*）。咸美頓六十歲後方開始著述，《神話集》即是她七十四歲時寫成的作品，除了希臘神話，也收錄了羅馬和北歐神話。她在前言即述及編撰之難。希臘神話來源繁雜，既非出一人之手，各作家的年代、語言、風格各異，歸納並不容易。她最終選擇了從簡，故此書中故事和語言都明白易懂，間中還引錄詩句或劇本，不失神話故事的文學色彩，實在是本理想的入門書籍。這種歸納剪裁，承先啟後，可算是讀書人的責任。

我除了想起藍姆姐弟（Mary Lamb & Charles Lamb）十頁十頁理出一個個莎劇的《莎士比亞故事集》（*Tales from Shakespeare*），也想起《文明之網》（*The Human Web: A Bird's-Eye View of World History*）的前言。作者麥尼爾父子（J. R. McNeill & William

H. McNeill）說，很多人都想知道世界的由來，可惜沒時間去讀那兩書櫃的史書。碰巧他們有，於是就有了此書：

> This book is written for people who would like to know how the world got the be the way it is but don't have time to read a shelf or two of history books. It is written by a father and son who wanted to know as well, and who had the chance to read several shelves of books. [...] The result you hold in your hands.

那句“who had the chance”又平淡又深刻，chance是機會也是運氣，頗能道出讀書人比別人幸運的地方，也是那責任的緣由。

咸美頓於是用上別人沒有的時間和能力撮寫神話。宙斯風流，邱比特淘氣，伊迪帕斯弒父戀母，除此之外，也有長期流浪在外的希臘英雄奧德修斯（Odysseus），亦即尤利西斯（Ulysses）。

奧德修斯以才智過人著稱，最初因不想參戰攻打特洛伊而在田地佯狂，播鹽而不播種，可惜還是給使者識穿。攻打特洛伊十年而不克，結果也是他想出那家傳戶曉的大木馬，使希臘戰勝。可惜，他為海神波塞頓（Poseidon）所恨，命運多舛，乃有長達十年的返家之旅。咸美頓的形容簡潔動人："He longed for his home, his wife, his son. He spent his days on the seashore, searching the horizon for a sail that never came, sick with longing to see even the smoke curling up from his house."

奧德修斯在外歷盡滄桑，既與獨眼巨人對決，復進出冥界，還要自縛於船桅以聽海妖塞蓮（Siren）那迷人之音。幾經波折，最終才能克服困難，以乞丐的扮相回家，給保母認出，與妻子潘妮洛普團圓。

除了大人物，於書中只佔兩三頁的小角色也很悲苦。如仙女Echo，中文譯作葉蔻；Echo後來所以指回音，原來大有文章。這個山林仙女因宙斯的太太赫拉（Hera）懷疑她與宙斯有染而見妒，結果給赫拉施以狠毒的懲罰，未至於啞，但以後只能重複別人的說話："'You will always have the last word,' Hera said, 'but no power to speak first.'"因此，葉蔻就算喜歡以俊朗著稱的水仙子（Narcissus），也一直無法表示愛慕。

有一天，機會來了，水仙子走在森林之中，呼喊同伴道："Is anyone here?"葉蔻便能回應："Here—Here."水仙子看她不見，高喊："Come."葉蔻固然愉快，說了

"come"之後，便打算上前擁抱。但一向自戀的水仙子見狀即感厭惡："I will die before I give you power over me." 葉蔻只能半哀求地低吟："I give you power over me." 可惜水仙子已經憤而離去，後更因沉醉於自己的水中倒影而死。水仙子死前跟自己道別："Farewell—farewell." 葉蔻也只能以回音送別。至此方知所謂回音，原來悽苦如此。

另一個受苦的是伊卡洛斯（Icarus）。其父戴德勒斯（Daedalus）為著名匠人，因事被米諾斯（Minos）囚禁在自己興建那密不透風的迷宮中，兒子伊卡洛斯也不免於禍。但戴德勒斯尚未灰心，咸美頓引錄了他這美麗的兩句話："Escape may be checked by water and land, but the air and the sky are free." 因他想到，以其手藝，大可造出兩雙翅膀，父子二人便可遠去。只是連接翅膀的膠水易融，臨行前戴德勒斯千叮萬囑兒子要貼近海面，不能貪圖飛得高而接近太陽。結果？咸美頓說得真好："However, as stories so often show, what elders say youth disregards." 伊卡洛斯就撲通一聲掉進海中，引發一圈圈的漣漪。

過了千幾年，十六世紀畫家布勒哲爾（Pieter Brueghel）乃有畫作 *Landscape with the Fall of Icarus*。伊卡洛斯掉進水裏的一刻，一切相安無事，種田人的繼續種田，航行的船繼續航行，天色依舊，恍似甚麼都沒有發生；眼力差點，也看不見伊卡洛斯倒插水中的雙腳，聽不見水花濺起的聲音。

過了幾百年，英國詩人奧登（W. H. Auden）在布魯塞爾的藝術館看見此畫作，有感而發，寫成"Musee des Beaux Arts"一詩，以"About suffering"起首，旁觀他人之痛苦，中間一段如此：

> In Brueghel's Icarus, for instance: how everything turns away / Quite leisurely from the disaster; the ploughman may / Have heard the splash, the forsaken cry / But for him it was not an important failure.

過了幾十年，伊戈頓（Terry Eagleton）在*How to Read a Poem*便以奧登此詩啟首，講的仍然是痛苦：

> When it comes to suffering, neither the perspective of the patient nor that of the observer is wholly reliable. The deepest respect we can pay to the afflicted, Auden seems to suggest, is to acknowledge the unbridgeable gap between their distress and our normality.

也是一種有苦自己知；奧德修斯的苦如是，葉蔻的苦如是，伊卡洛斯的苦如是。回想起來，這種種關於痛苦的感悟，源頭還是三千年前的神話故事，好東西真是歷久常新。

《信報》　二〇〇九年八月二十一日

從沙林傑到訃文

沙林傑（J. D. Salinger）早前以高壽辭世，這個隱世到幾乎已給忘卻的美國作家，才再以新聞和訃文的形式出現。他的書我只讀過《麥田捕手》一本，倒想起正因這書才學會了離題的"digression"一字，碰巧之前讀到《紐約客》專欄作家蘭尼（Anthony Lane）的舊文結集 *Nobody's Perfect*，其中有篇題為"Obituaries"的文章專論訃文，很好看，或可借此旁岔一下。

The Catcher in the Rye 是以前一個新加坡朋友借給我看的，讀了近半才突然發現就是早有所聞的《麥田捕手》。原來與農耕、棒球或〈麥田群鴉〉都無關。最深刻的，一是結冰的湖，一是兩個樣子同等醜陋的女孩，心裏卻暗想不能跟對方相像（I thought the two ugly ones, Marty and Laverne, were sisters, but they got very insulted when I asked them. You could tell neither one of them wanted to look like the other one.）。間歇會記錯出走的主角 Holden Caulfield 死了，原來沒有。他結果可能還是要回校上學。所以我們三十年前有約翰連儂的訃文，今年有沙林傑的訃文，卻永遠沒有 Caulfield 的訃文。

等待死亡可能是訃文作者工作的一部分。在〈訃文〉，蘭尼憶述在報館工作時聽見的匆匆數語，即見訃文作者那種近於職業病的不懷好意：“‘Pity. Anyone else? Obituaries?’ A brief pause. ‘Well, the bad news is that Mother Teresa’s getting better.’ ‘What? But you said...’ ”

這或許誇張。但除了這灰暗的一面，訃文也可快樂地處理死亡。例如英國摔角手Sir Atholl Oakeley下面這則訃文，就回溯他因曾被欺負而學習摔角，又因牛奶和誤會而成了厲害的摔角手，讀來令人莞爾一笑：

> He started wrestling seriously after being beaten up by a gang of louts and built up his body by drinking eleven pints of milk a day for three years. This regimen had been recommended by the giant wrestler Hackenschmidt, who later told Oakeley that the quantity of milk prescribed had been a misprint.

很想知道那個十一，本來是七還不過是一。

大人物大作者，通常是其生也榮，其死也哀。那不是不好，但奇聞軼事有時會令這些大人物更加親切。雖然他們比我們厲害，但大家都是人。正因大家都是人，才更顯得他們厲害；我們總易忘記他們不是一出生就與別不同。蘭尼說得真好："There is something comic about great lives, but the comedy does not diminish them; on the contrary, we are the ones who feel small." 這大小之辯很有意思：沒有可以拿來嘲笑的大鵬，斥鴳或者就成不了斥鴳。知道自己的位置和有限，大鵬是大鵬，斥鴳是斥鴳，也是種安分守己，能做到亦不容易。

蘭尼的文章最後引艾略特《荒原》的詩句收結，連帶問了個有趣的問題：一篇訃文，可以充滿事實，但出來的結果卻是一堆大話嗎？帶着這個問題，晚上上網看了幾篇沙林傑的訃文，知道他對佛道都有興趣，也更了解他的生平和故事，同時又愈覺疑幻疑真。還是用蘭尼在"Obituaries"的最後一句，送給生活會更清靜的沙林傑："May he rest in peace."

《信報》二〇一〇年二月十二日

按：文章見報時「斥鴳」給改為「鴟鳥」。

如果人不用吃飯

從前在外讀書，窮極無聊，間歇就會想人究竟為何要吃飯。每晚定時吃着最便宜的食物，意粉之後還是意粉，然後發展到索性一煮便是三大盒，每天從冰箱拿部分出來翻熱就是。當然，那時的窮一半是希望自力更生、同時為自己製造些刻苦的經歷方便日後憶苦思甜，一半是為了往後的旅行；所以雖然每次在酒吧工作都會更努力地飲汽水以抵消日常的平淡與苦悶，那貧困大抵還算是樂事。

「人為何要吃飯」這問題倒是一直揮之不去。如果人的原初設定不是每隔幾小時就肚餓，我們的世界將會如何？如果人甚至不怕冷怕濕怕熱？直到後來讀到點奧威爾（George Orwell）的書，覺得他一定想過類近的問題，雖然他為自己製造貧窮的經歷，可算到了一個矯情的地步。

扮完流浪漢寫成首本著作之後，奧威爾在三十年代中期走訪英格蘭工業區報道工人生活狀況，寫成《到韋根碼頭之路》（*The Road to Wigan Pier*）。書中好些段落，或能幫助我們思考近日關於最低工資的討論：那其實是些怎樣的討論、在問甚麼問題？

那時候，英國碰巧有個關於社會援助的入息調查，奧威爾說，大家竟醜陋地討論起一個人究竟需要多少金錢才能多活一週（"There was a disgusting public wrangle about the minimum weekly sum on which a human being could keep alive."）。不同的人競相列表，但用錢最少的一人表上並無「燃料費」一欄。原來那個人早已放棄買煤，習慣了生吃食物。

事情孰真孰假並不重要，重要的是這對應了奧威爾在書中的另一段話：人首先是一個袋，一個把食物裝下的袋。只要有簡單運算和想像的能力，我們就會明白，二十元一小時的工資其實是如何一回事。假設那個人每天工作十小時，再用兩小時在交通工具上，他便用上人生裏一天的一半時間在工作上，雖然這比例在香港不能說不理想。辛勞一個月之後，結果他得到甚麼？除去每週一日的假期，他大概會得到五千二百元。如果他不住公屋，他每月將要付上人工的一半在租金上；就算他住公屋，他也必會感到那最少讓人活得安心的社區網絡早已隨領匯與聯營集團的進一步壟斷而被摧毀。他每星期要思考的，的確是令他繼續生存的吃飯問題。這就是二〇一〇年的香港。

問題甚至不在最低工資的立法本身。要保障勞動者，集體談判權遠比最低工資來得徹底和有力。既然如此，不如把問題稍稍改換：究竟甚麼是文明社會？我想起了經歷過集中營生活的猶太裔意大利化學家利維（Primo Levi），以及他那本歸納當中省思的《如果這是一個人》(*If This is a Man*)。他將文明扣連到弱者與強者身上，寫來冷靜沉深：法律和人的自我道德命令其實有軟墊的作用，為的是不使人一跌就傷，甚至一跌就死；因為一個地方愈文明，他的法律必然愈有智慧和愈有效去防止弱者變得太弱，或者強者變得太強。（"for a country is considered the more civilized the more the wisdom and efficiency of its laws hinder a weak man from becoming too weak or a powerful one too powerful."）集中營是個沒文明的地方，正正因為強者極強，弱者極弱。

利維的話既近老生常談，但在香港又像有違常識，因為我們總是特別高舉弱肉強食。但我們最少應問：我們是否可以容忍同一個地方的弱者生活得那麼差，到了一個要每週思考如何繼續生存和吃飯的地步？如果人不用吃飯，他最少會沒那麼容易受人支配和欺壓，何況支配和欺壓他的政權，還不知是靠甚麼來覺得自己合理正義的。

至於個別政治人物關於最低工資的言論，不過是這個社會的病徵。是甚麼社會背景和氣氛，讓一些人如此理所當然地思考、又如此若無其事地表達？我們總是常常忘記，「在商言商」在道理上其實沒有任何壓倒性的優勢，雖然他總是被描述成不證自明的唯一真理，仿佛一祭出來就不用再回應任何指責與討論。久而久之，大家又好像習慣了那很合理。

是以文化藝術的責任尤其重大。美國思想家納思邦（Martha Nussbaum）在討論教育的舊作《人性的培育》（*Cultivating Humanity: A Classical Defense of Reform in Liberal Education*）有一章題為「敘事想像力」（The Narrative Imagination）。她說，我們須為自己培養同情的想像力，使我們能明白他人的動機與選擇，了解到他們雖然不同，但斷非異類。簡單如「一閃一閃小星星」的兒歌，也可能令小孩開始想像天上那小小的星光，原來也有自己的世界，神秘如小孩自己的世界。所以納思邦說，一個被剝奪故事的小孩，同時被剝奪了某些觀看和明瞭別人的方法。

文學和電影這些以說故事為主的媒介，尤其能幫助我們代入他人的世界，同時讓人明白，自己也可能會遭遇別人的不幸，這也是"There but for the grace of God, go I"的深義。藝術幫人培養出來的判斷與感知能力，能在一個公民的選擇上展現出來，社會便會有點不同。

但回過頭來，我們也應撫心自問，當我們在生活的其他面向佔有上風，有能力支配別人時，我們又有足夠的自覺去為他人設想嗎？指責同時自省，社會的公民質素才會提升。到時候，我們一定不會再提最低工資的立法，也一定不會再提議時薪二十元，一定不會。

《明報》二〇一〇年三月二十八日

《一九八四》以外

上月波蘭政要空難離世之後，找了波蘭導演華以達（Andrzej Wajda）的《卡廷》（*Katyn*）來看。歷史總有教人不敢正視的時候，所以戰後掌控波蘭的蘇聯，不得不將卡廷的屠殺諉過納粹德國，並盡力遺忘。如此看來，最近關於林彬之死的爭辯，便半點不難明白，雖然看見還是令人難堪。我想起了《一九八四》的作者喬治奧威爾（George Orwell），今年是他離世六十週年。他特別關心歷史與真實。

一九四八年，奧威爾在肺病的糾纏中寫成了原先名為 *The Last Man in Europe* 的小說。他後來改換了書名，四八對調，就成了八四。《一九八四》在四九年面世，奧威爾則在半年之後溘然而逝，只活了四十六年。他晚年的《動物農莊》與《一九八四》立意同樣在反專制反獨裁，反共黨反史大林。這跟他在散文 "Why I Write" 自言的 "to make political writing into art" 遙相對應。《動物農莊》家傳戶曉，連從前的保安局局長訓斥本地傳媒時也特意以豬為喻，雖然我總不肯定是那些動物善忘，還是香港人善忘；她本來差點就要立大功了。而且我也不太明白，她怎能夠看見傳媒中的 Napoleon，而看不見官場中比比皆是的 Squealer(s)？

以小說論小說，奧威爾這兩本著作的造詣或不至太高。董橋先生在〈時代的留影〉說得中肯：「他的小說也許也夠清白了，卻喪失了小說的韻致：《動物莊園》和《一九八四》只是寓言故事不是小說。」但我想對很多七十年代打後翻閱《一九八四》的中國讀者來說，那都不是小說，不是寓言故事，而只能是歷史。

一般認為，奧威爾的最大成就，在散文與紀實的寫作而不在小說，詩更不要提了。他的散文寫得好，似乎是他對簡單的迷戀與散文的文類要求兩者交疊的結果。在他心目中，真善美似乎都不複雜，所以他鄙棄理論，與「真實」唇齒相依的散文最方便他用簡單的方法說真話。一直覺得，由姓氏而成為形容詞的 Orwellian，深義除了在 "Big brother is watching you" 的高度壓制、以及 "Doubleplusungood" 的 Newspeak 等等，還在他這種行文「透明如玻璃窗」的苦心孤詣。當然，誰都不會相信他脫口便是澄明如水的句子，正如誰都不會相信玻璃窗其實是空氣，打磨拂拭自然不在話下。

隨便翻看奧威爾的散文集如 *Shooting an Elephant*，很快便看得順心，因為我們不難看出面容：一個誠懇的人，說他相信的話。例如他晚年的佳構 "Reflections on Gandhi"，走筆月旦甘地生平，雖然不無保留，中間卻有這樣一句："and I believe that even Gandhi's worst enemies would admit that he was an interesting and unusual man who enriched the world simply by being alive."文句雖長，無礙清晰有力。只有明白他律己以嚴的文字要求，我們才能更仔細把握《一九八四》中語言的荒謬程度。

奧威爾一生的轉捩點可算是西班牙內戰。一九三六年，戰事爆發沒多久，他便棄筆從戎，跑到西班牙打仗對抗法西斯。這還不止，因他還給子彈射中，需在醫院療傷。《向加泰羅尼亞致敬》（*Homage to Catalonia*）即是奧威爾在此戰爭中見聞的總結。戰事對他的最大打擊不在皮肉之苦，也不在等待的無聊，而在他發現了謊言壓倒性的威力，所以字裏行間，都見他對真理行將消失的恐懼。這次實戰經歷徹底動搖了奧威爾對未來世界的希望，理應是援兵的蘇聯不單沒有派兵攻打佛朗哥，還不斷造謠誣害，輾轉讓法西斯取勝。英國導演簡盧治（Ken Loach）拍攝的《土地與自由》（*Land and Freedom*）便向此書借鑑，拍攝休戰時的無所事事與眾人的爭辯尤其出色。兩個投入了敵對陣營的英國人，深宵在一街之隔的天台上站崗時隔空對罵的一幕，更是畫龍點睛。

順勢讀下去，我們更能明白語言在《一九八四》為何這樣重要，同時也更能體會主角 Winston Smith 見證語言的扭曲與失效時的困苦。一方面，操控語文，就能操控真實與謊言的分際，所以那個負責政治宣傳的部門，才會叫做Ministry of Truth；如同那個逼供審訊的刑部，名字竟是Ministry of Love。另一方面，防民之口結果不是長治久安之法，遠不如讓百姓徹底失去語言：失去思考的語言，所以2 + 2 = 5；失去反抗的語言，所以War is Peace。

不少關於奧威爾的書，索性用他那張誠懇認真的臉作封面。那好像早就成了追求真理、説實話、反抗專制強權的象徵。這都是《一九八四》的最大關懷。"Reflections on Gandhi"結尾一句説得好，借來為這篇或可算是Reflections on Orwell的文章收結也好："how clean a smell he has managed to leave behind!"

《明報》二〇一〇年五月十六日

廣島白描

一九四六年八月三十一日出版的一期《紐約客》，封面畫作活潑可親：盛夏的公園裏，有人騎馬，有人游泳，有人無所事事地閒談散步，避暑消暑，一地意趣。但這期雜誌只做了一件事，就是全文刊登一篇三萬餘字的紀實文章，寫的是前一個夏天，吃了地球第一枚原子彈的廣島。題目沒廢話，只有一字：Hiroshima。

文章是已故美國作家赫西（John Hersey）寫的，後來編輯成書，題目依舊，感謝古德明先生許多年前在專欄推介。那時在圖書館找了來看，單是首章〈無聲之光〉（“A Noiseless Flash”）已教人心折。作者集中描寫六個在廣島大難不死的人，當中有神父有牧師，有文員有醫生，還有一個領着三個小孩的母親。他們或相關或無關，有日本人也有外國人，有男有女，或富或貧。說到底，都是人。

赫西二戰後到了廣島採訪，文章則從四五年八月六日的清晨寫起。原子彈在八時十五分準時擲下，擾亂了許多人的一天之計。面對這突如其來又前所未見的爆炸，眾人自然不知就裏，只能一步一步即時反應。明明夏日炎炎，六人之一的中村太太，逃難時卻只擔心子女着涼，不斷往他們身上堆衣物、穿大褸。好像不合理，但錯亂得令人同情。

《廣島》的長處是克制，文句樸實，譬如首先出場的谷本清先生便是如此："Mr. Tanimoto was a small man, quick to talk, laugh, and cry." 面對大災難，作者只是白描受難者的經歷，不設色，不渲染，卻因如實觀察、筆筆中鋒而深刻。首章的寂然無聲更貫穿全文。神父 Kleinsorge 走到一個滿佈傷者的公園時，即為其靜謐震懾："The hurt ones were quiet; no one wept, much less screamed in pain; no one complained; none of the many who died did so nosily; not even the children cried; very few people even spoke." 或者，這也是一種大音希聲。

但如磁鐵一樣攝進心神的，還是這個畫面：錫廠女文員佐佐木受了腳傷，給人扶到戶外待救。早上的天空下着雨，有人連忙撐起鐵皮作篷，讓她躲在下面。她才稍為安心，便見那人領來兩個重傷的人，女的給削去半邊胸膛，男的面孔都已燒焦。轉瞬那人又已離去，再沒出現。雨停了，下午也開始熱起來。未及晚上，三個形相怪誕的人，便這樣擠在那塊拳曲的鐵皮底下，慢慢傳出臭味。

字裏行間，赫西一直借筆下六人呈現出時人心態。神父 Kleinsorge 已經是盟友德國的人了，還是常受日本熾熱的排外情緒所困。百姓雖從收音機得悉戰敗，但重點不在其屈辱，而在能聽見日皇直接向他們說話的榮幸。戰事結束，也少有日本人關注原子彈的道德問題，何況因為美國封鎖消息，了解事情始末與細節的人根本不多。以小見大，只是作者一直不加議論，專注描摹。

成書的《廣島》最後有〈餘波〉（"The Aftermath"）一章，在赫西四十年後重返廣島時寫成。那時神父已死，在鐵皮下待了兩日兩夜的佐佐木卻因他而成了修女。開頭那易哭易笑的谷本清，則致力幫助一群受原爆影響的女孩。後來他遠赴美國募捐，還上了一個名為 This is Your Life 的電視節目，與當年投下原子彈的副機師 Robert Lewis 會面握手。昨夜試圖在網上找尋節目片段，竟然一查即得。從幕後走出的 Lewis，語音顫震地表示悔意之後，摸了摸自己的前額。只是赫西老早在書中告訴我們，當時以為這美國機師在哭的觀眾全部上當。他只是酒喝多了，差點還因金錢瓜葛而臨時缺席。

八月終於離去。重讀《廣島》，很好奇對於在四六年八月靜靜讀完全期《紐約客》的人來說，那個夏天會否特別寧靜，封面的盛夏公園，分外陰鬱。

《明報》 二〇一〇年九月十九日

不太難的喬哀斯，更容易的普魯斯特

誤會可能緣於不理解，同時令理解愈不可能。有時見人談及愛爾蘭作家喬哀斯（James Joyce），一不小心就會稱頌他那磚頭厚的《尤利西斯》，然後每每以其艱澀難懂又或自己沒有讀完而嗟嘆。久而久之，喬哀斯仿佛就是一個寫了些無人明白、卻又異常重要的作家；總之很重要。這種誤會是可惜的。喬哀斯不能跟難懂畫上等號，因他最少寫過不太難的短篇小說集《都柏林人》（*Dubliners*），相當動人。

幾乎是一百年前的書了。喬哀斯是都柏林人，跟故事裏的都柏林人一樣，都活在一個壓抑的環境裏頭。那既牽涉天主教教會的嚴苛，也關乎英國的殖民統治與本土熾熱的民族情緒，還要縮連生活本身的苦悶。上班的想曠工，上學的想逃學，戀愛的想私奔，誰都捱不住麻痺滯悶的都柏林。例如〈阿拉比〉（"Araby"）的起首幾句寫窮巷環境，就接連用上 blind、quiet、uninhabited、detached 等字，一片孤絕。唯一的出口，便只有放學時，學校終於讓學生自由。

阿拉比是故事裏頭那個遙遠市集的名稱。一年冬天，故事裏的小男孩喜歡了一個女孩，想在週末到阿拉比給她買點東西。沒有金錢，只好等候家人發落。思緒起落了大半天，天都黑了，卻只聽見叔叔醉酒回來的聲音，顯然是忘記了先前無心的許諾。好不容易拿到錢，一個人在途上，世界很黑，人很疏落，但他腦海中就只有阿拉比。幾經折騰，抵達時許多店舖業已關門，碰見的大人都在說些沒靈魂的話。然後，又一盞燈熄滅了。漆黑中，男孩終於發現自己的虛妄："Gazing up into the darkness I saw myself as a creature driven and derided by vanity; and my eyes burned with anguish and anger."苦痛而憤怒，成長就是對於生命的發現：自己原來是如此義無反顧地聽居。但回頭想想，沒有承擔就沒有成長。最少他有真切想做的事情，讓慾望如花綻放，真誠，美麗。

喬哀斯的筆觸有時要比愛爾蘭的冬天更冷，似乎非如此便無法把握時代的陰鬱。〈一對一〉（"Counterparts"）講一個事事不如意的文員，在公司被上司責罵，到酒吧又被羞辱。到他終於回家，喬哀斯只以一句就濃縮了他與太太的關係："His wife was a little sharp-faced woman who bullied her husband when he was sober and was bullied by him when he was drunk."這是看穿塵世的冷峻。真要歸納，這對夫婦餘下的還不過是這組醉與醒、欺壓與被虐的關係。如此一來，緊接看來平白的一句便更絕望："They have five children."究竟誰比誰不幸呢？難怪故事要以虐兒結束，仿佛連不幸都可遺傳。

到了壓卷的〈死者〉（"The Dead"），那逃逸的衝動即更強烈。在衣冠楚楚的新年宴會中，主角總是格格不入，簡單如準備席間的一段演説，他也再三猶豫，從簡固嫌普通，從雅引詩又懼人不識，恐怕親友還會以為他在炫耀學歷，總之渾身不自在。但他就是與別不同，譬如他不覺得一定就要擁抱愛爾蘭。別人追問得兇了，他甚至衝口而出："I'm sick of my country, sick of it!" 所以他渴望離開，如同二十歲打後便再沒返回愛爾蘭的喬哀斯，雖然他畢生都只在寫愛爾蘭。

《都柏林人》讓我想起去年一次讀書組的經驗。幾個朋友讀的雖然是南轅北轍的東西，但還是輪流分享，各盡所長。最後輪到我講文學，才發現原來正在背負整個學科，而且責無旁貸，因為他們身邊就只有我讀文學。講得糟糕的後果，就是他們可能會以為文學就是如此糟糕。結果我選的便是令人安心的《都柏林人》。

厲害的人卻能跨越界別，打通知識的藩籬，幫人解除誤會。英國作家狄波頓（Alain de Botton）便是一例。有人天生的才能在其原創能力，有的則在於複述。狄波頓去年又出書講工作、講機場，十幾年前出道不久，則寫過法國作家普魯斯特（Marcel Proust），和他那綿長到據説只有在獄中才能讀完的《追憶似水年華》。

狄波頓則試圖讓普魯斯特可親一點。書題 *How Proust Can Change Your Life* 很聽明，「普魯斯特」與「如何改變你的生命」並置，竟有蒙太奇的威力，打破小眾大眾、嚴肅通俗的區分，而且有戲謔的味道。開篇首句「人類最熱衷的莫過於不快樂」，已為普魯斯特和人類描了個大概。然後，狄波頓做的便是一層一層的翻譯，將龐大的材料，化約成日常的問答，包括如何承受痛苦，如何快樂地戀愛，再以普魯斯特的生平和作品穿插其間，有情致有實學，讓如我這些暫時不覺得有能力讀《追憶似水年華》的人，都有種退而求其次的滿足。固然比不上閱讀原書，但正如不是所有人都懂得法文，所以我們才需要翻譯。

有趣的是，狄波頓在書中提到普魯斯特曾與漂浮國外的喬哀斯相遇。那是一九二二年五月的巴黎。五十一歲的普魯斯特幾個月之後就要病逝了，剛完成整部《尤利西斯》的喬哀斯則剛好四十。但二人的對話說不上圓滿，只是一個接一個的「沒有」。喬哀斯聽過某某公爵嗎？「沒有」。普魯斯特讀過《尤利西斯》的某段嗎？「沒有」。現實教人遺憾，於是狄波頓別出心裁，為二人虛擬了一場更理想的對話。但最後還得歸結，正因為對話的局限，我們才有容讓人停頓、思考、無言、修改，僻靜安寧又總有餘裕的文學創作。

《明報》　二〇一〇年十月十七日

信與不信的尺牘往還

魔鬼和代母的爭議總算告一段落。相提並論，因為本地天主教亦牽涉其中。但來去匆匆，遺憾與遺忘過後，本地的非天主教徒，能更了解天主教會對於財富與人倫的想法嗎？天主教會又有清晰地展示其文化資源，令非教徒能把問題想得更仔細嗎？

不太肯定，於是重讀了意大利學者艾柯（Umberto Eco）與樞機主教馬天里（Carlo Maria Martini）十幾年前的書信對談錄《信或不信》（*Belief Or Non-Belief*），一本百頁不到的小書。

最初接觸基督教徒與非信徒之間的討論，是因為讀了《李天命的思考藝術》，知道李天命與韓那那場堪稱經典的辯論，題目是「相信神的存在是更合理嗎？」，印象頗深。最近幾年，間歇也留意以永遠惹火的希欽斯（Christopher Hitchens）為重心的宗教論辯，但總覺得這樣劍拔弩張，一有閃失便會引來無謂的仇恨。何況信與不信的討論，其實不一定要靠非難。雖然有人會嫌《信或不信》太淺，蜻蜓點水只及皮毛，但我還是覺得他好看。原因簡單，說出來卻恐怕先要避開四方投擲過來的番茄和蛋：因為有愛。

一九九六年，意大利報紙 *Corriere della Sera* 請來不是教徒的艾柯和教會內以開明見稱的馬天里，每隔一段時間以書信輪流問答，題目自訂，都在報上刊出。頭三次均由艾柯先問，馬天里回應，第四次相反，《信或不信》便是這八封信的結集。了解這特定背景，便明白二人的對答已不能算淺。艾柯也在最後一信跟恐怕說得太深的馬天里說，便任由內容難一點吧，大家都被主流傳媒的「大發現」縱容慣了，總把事情簡化，故此不如就讓大家辛苦一點地思考，"let them learn to think hard"。

其時二十世紀將盡，所以第一輪的對答即跟末日有關。艾柯由〈啟示錄〉談下去，發覺目下紛亂的世界已愈來愈像末日，歷史的走向，時間的終結等等，都是大家關心卻又不敢直面的問題。既然如此，究竟有沒有一種希望，是信徒與非信徒都能分享的呢？第二輪討論則以生命為題。艾柯由教會之反對墮胎開始，探討生命的起源與界線。譬如他便好奇，浪費精子可算殺人嗎？然後帶笑補充一句，受誘惑的少年一定反對。第三輪討論始於艾柯的困惑：都二十世紀了，為何女性仍然無緣擔當神職人員？教會有任何理由繼續支持這種男女不公嗎？

「尺牘書疏，千里面目」。如果人的面容真能因書信互通，那麼讀艾柯與馬天里的書信往來，我們也可看出二人用心思考然後娓娓道來的樣子，總是坦白又充滿敬意，不為爭勝，只為理解，理解自己與他人的差別、理解共同生活的基礎、理解人類的種種願望與困阨。但我最喜歡的還是最後一輪對答，因為先前努力回應的馬天里終可先問：無神論者的世界既沒有神，沒了那更高的依歸，那麼道德的根基何在？

艾柯的回答很好看。沒有更高的神，便靠其他的人。他說，無神論者都明白，正因為無人會從高處監視自己，所以也沒有這更高的依歸會寬恕自己。知道犯了錯，這個人的寂寞將是無限的，其死亡也特別孤絕。所以他會較信徒更容易在人前懺悔認錯，洗脱罪孽，也更需要別人的寬恕。正因為他深明這種困窘，所以他明白自己也必須更願意寬恕別人。（"But keep in mind, if the nonbeliever thinks that no one is watching him from on high, he thereby also knows—for this very reason—that no one will forgive him. Knowing he's done evil, his solitude will be infinite, his death desperate. The person is more likely than the believer to attempt to purify himself through public confession, he will ask forgiveness from others. He knows his predicament from the core of his being, and so he also knows in advance that he must forgive others."）

這番話可作《論語》裏頭，子貢問孔子「有一言而可以終身行之者乎」的注腳。因為孔子的回答，正是：「其恕乎！己所不欲，勿施於人。」推己之謂恕，這是舊注的釋解；今日言恕，則多指寬恕。艾柯所言，正把恕字的古今二義連在一起。我們都知道人多易犯錯，而得不到寬恕又是多麼難堪，所以我們更要懂得寬恕別人。這也貼合儒家不假外求，重在人倫裏實踐道德的精神。

艾柯在信末所言即更進取。他請馬天里就暫時設想，世上其實沒有神：人因意外而來到世上，又被賦予必死的生命，同時明確知道這必死的事實。可以想像，這個人為了尋求面對死亡的勇氣，必會成為宗教動物，構想出種種可以提供解釋與楷模的故事，也可能會想出基督、普世的愛或寬恕仇敵。艾柯問，人類這構想的氣魄，不是也很奇妙，甚至如同有上帝、有基督一樣奇妙嗎？可惜這是最後一信，我們無緣看見一個樞機主教，如何回應片刻設想神不存在這個對他來說大概很假的假設。

有時聽人講學演說，其具體論證往往不及他整個人展現出來的關懷、執著和生命力吸引，結果記得的往往是他說話的姿態和語氣，或一兩個無關重要的笑話。不是碰巧重讀《信或不信》，我肯定不會發現，二人的論點，我原來記得這樣少。但他們對異己者的尊重和對人類的關懷，卻又一直記得那麼深。

《明報》　二〇一〇年十一月二十一日

卡夫卡的地鼠

說是地鼠大概不夠準確。但鼹鼠和鼴鼠都有點生僻，土撥鼠感覺又太可愛，地鼠最易讓人聯想到在地下鑽來鑽去、總好像有八百度近視的有毛動物。既然無人確切知道那是甚麼，便就這樣稱呼。捷克作家卡夫卡（Franz Kafka）對於昆蟲和動物，有時似乎不願說清，同時依靠這點隱晦，將事物從井然的分類扯後一步，事物之間更朦混，人也可能蛻變成蟲。

故事叫做〈地洞〉（"The Burrow"），是卡夫卡一個未完的短篇小說。一隻沒朋友的地鼠，自覺年事漸高，想為自己在地底建立一個安穩的家，過他的甜美生活。牆壁堅固，入口隱蔽，外敵一定難以入侵。而且小通道不時有昆蟲走下，信手拿來便可充飢，加上先前的儲糧，溫飽總算無憂。

幾乎可以安享晚年了，但他慢慢擔心，暫時還未看見的敵人要是從地底進攻，他在這嚴謹的洞穴裏便難逃脫。他不得不重新部署，譬如在地洞裏加建堡壘，再辛苦也在所不辭，因為每次想到日後那近乎完美的家，此刻的血汗便都值得。然後，他又把食物分佈到地洞的不同角落，這樣似乎比較安全。來回走了很多趟，事成了，但頃刻便後悔，連忙把食物重新聚攏在一起，才安心下來。

想來想去，還是不妙。況且終日在洞內籌劃防禦工事和逃走路線壓力實在太大，他有時會小心翼翼地溜出地洞，奔往地面那更廣闊自由的世界。但到了地面，他還是不能自由，因為魂牽夢縈的，仍是地洞。他不自覺又走回洞口附近，躲起來偷偷凝望自己那近乎完美的家：「有時，我甚至產生這樣幼稚的想法：就不回地洞了，乾脆在洞口附近住下，專門觀察洞口、打發時間，然後想像：假如我置身洞中，它會怎樣堅固地保護我的安全；然後在這樣的想像中獲得我的幸福。」

還是需要回去。但其他動物會因而發現地洞的入口嗎？他很擔心，所以又用了很多時間守在入口附近，監視會否有敵人在監視那入口。沒有。但這是因為敵人都暗中發現了他在暗中監視嗎？有推心置腹的朋友就好了，這樣他便可派朋友在他返回地洞時監視他有沒有給人監視。但如此一來，這推心置腹的朋友，勢必又會成為日後甜美生活的最大威脅。幾經掙扎，他終於回到地洞，新一輪的懷疑隨即撲面而來。

佳作耐看迷人，每每在於一感物而眾理具。〈地洞〉講的究竟是甚麼？身邊讀哲學的朋友聯想到理性主義之密不透風，到了連人都必須排除在外的地步。證諸今日香港，我們或會將故事扣連到整個城市對完美家居生活的執迷。但退一步想，完美生活固不可能，合理的生活也不見得容易。誰都渴望退休，同時又擔心退休後生活栖惶，所以此刻更要努力工作。這一切，當然都與我們的現實過分殘酷有關。生活比地鼠還要辛勞，疾病、失業、死亡，卻如同地鼠那些看不見的敵人，隨時侵襲。但掃興點說，地鼠還是要比我們許多人幸福。最少他擁有土地，雖然勞碌，卻可以靠一己之力建立家園，沒有圈地，沒有逼遷，沒有嚇人賣樓的鮮紅告示。他一定會同情我們。

然則，〈地洞〉可算是個寓言故事嗎？我倒想起卡夫卡的另一短篇〈論譬喻〉（"On Parables"）。故事只有半頁，一直算不上不明白，卻覺得吸引。開頭說，許多人抱怨智者的說話，總像譬喻，遙不可及，完全無助於我們的日常生活——也就是我們擁有的唯一生活。結尾則以兩個儼然是智者的對話收結。

甲說：「何必拘執呢。只要依隨譬喻，你自己也將成為譬喻，到時日常生活的勞累便一掃而空。」

乙說：「我敢打賭，這也是一個譬喻。」

甲說：「你贏了。」

乙說：「可惜，只是在譬喻裏頭。」

甲說：「不是，是在現實中。在譬喻裏頭，你輸了。」

《明報》二〇一〇年十二月五日

聽，莎士比亞在說話

高官出來無端說了一通令人費解的話，四字詞連環拼湊，當然是「語無倫次」；看到結語的一句“Friends, lend me your ears”，更覺得有點《老夫子》的「耐人尋味」。句子仿效莎士比亞的名句“Friends, Romans, countrymen, lend me your ears”，出自劇作*Julius Caesar*。有人把他譯做《凱撒大帝》，但梁實秋與朱生豪二家都只是音譯了姓名，不譯大帝，比較忠實。凱撒其實不是主角，過不了第三幕就給人行刺，其死正是此劇重點。

莎劇難讀，容易點可以先選讀經典段落，例如是此劇兩段著名的演說。故事骨幹來源自希臘作家普魯塔克（Plutarch）。羅馬內戰過後，凱撒凱旋而歸，勢力如日中天。可是他年事漸高，而妻子不育也令繼承的問題撲朔迷離，反對者更恐怕他剛愎自用，自立為皇，正密謀刺殺行動。主角布魯特斯（Marcus Brutus）本是凱撒的親信，受慫恿後卻參與計劃，所以當眾人一擁而上，刺死凱撒時，凱撒才會說：“Et tu, Brute?”——「你也有分，布魯特斯？」

但莎士比亞沒把布魯特斯寫成萬惡的奸臣。他充滿掙扎與疑惑，更有難得的風度，譬如會讓擁護凱撒的安東尼（Mark Anthony），在凱撒的喪禮上致辭：布魯特斯先説，安東尼後説。兩篇演辭重要，因為布魯特斯需要清楚説明刺殺的原因，讓民眾明白他們不是亂臣，而是真心為了羅馬着想，才不得不出此下策。相反，安東尼要令民眾相信，為人民貢獻一生的凱撒，已給奸人謀害，大家要群起反抗，為凱撒復仇。

只此兩段演説，便見莎士比亞的匠心獨運。布魯特斯的演説這樣開始：“Romans, countrymen, and lovers, hear me for my cause, and be silent, that you may hear.” 看來不過不失。然後接着説：“Not that I loved Caesar less, but I loved Rome more. Had you rather Caesar were living, and die all slaves, than that Caesar were dead, to live all men?” 梁實秋譯做：「並非是我愛西撒少些，而是我愛羅馬多些。你們寧願西撒活着，大家作奴隸死，而不願西撒死，大家作自由人活着麼？」布魯特斯刻意把凱撒和羅馬、群眾對立，繼而強調凱撒的野心，不無文采。但他所以輸給安東尼的，其實除了內容，還有形式。莎士比亞分發給布魯特斯的一整段話，特意純用散文體（prose）寫成。對比安東尼通篇由格律體（blank verse）組成的演辭，美感上便有雲泥之別。

格律體指句子由固定的音部（meter）組成，建基於輕音和重音（stress），最常見的就是一直輕重輕重下去的抑揚格（iambus），譬如當安東尼表示自己仍心繫已死的凱撒時，便說“My heart is in the coffin there with Caesar”；責罵民眾忘本，不來哀悼大家曾經擁戴的凱撒，則說“What cause withholds you then to mourn for him?”音色穩定地輕重交織，而且每行均由五音部組成（pentameter），基本上一行十音節，文氣充沛，成敗早就暗寓在兩種文體當中。

安東尼的演辭志在鼓動人心，從起首那親切的“Friends, Romans, countrymen, lend me your ears”開始，讓民眾相信凱撒不單沒與羅馬為敵，更視民眾為繼承人。安東尼拿着凱撒的遺囑，卻一直不讀出內容，引得群眾「遺囑，遺囑」地叫喊，他才說：“You are not wood, you are not stones, but men; / And being men, hearing the will of Caesar, / It will inflame you, it will make you mad.”人非木石，聽了遺囑，定必發狂。然後，莎士比亞連用了二十個單音節字，斬釘截鐵：“'Tis good you know not that you are his heirs; / For if you should, O, what should come of it?”你們就是他的繼承人，明白嗎？於是安東尼從講台下來，帶領民眾圍着凱撒的屍體，檢視他那件給布魯特斯刺穿的外袍。到了這一刻，民眾的情緒已一發不可收拾，齊聲呼喊：“Revenge! About! Seek! Burn! Fire! Kill! Slay! Let not a traitor live!”誓要懲處亂臣，以洩心頭之恨。

安東尼雖為凱撒昭雪，但也煽動了民眾的怒火。莎士比亞在劇中刻意描繪民眾的盲從和愚昧，如流氓一樣，才會誤把與叛徒同名的詩人辛納（Cinna）殺害。這大概與莎士比亞的寫作背景有關。一五九九年，仍然在位的伊利莎伯一世年事已高，又遲遲未解決承繼的問題，時人恐怕英國會再次捲入內戰裏頭。莎士比亞看來不相信民眾，但也可能在提示政局若有差池，民情的背向可大可小，以之反映時代的憂慮。

事有湊巧，高官說那番話的背景，好像也與凱撒和莎士比亞的差不多。二十一世紀過了十二年的時候，我們還是不能投票選出領袖，繼續看點指兵兵。一日未到最後的「兵！」和隨後的一哄而散，一日有人焦躁不安。但要用言語來刺激一些人，籠絡一些人，都是閣下自己的事。還要說這樣魚肉菜園村的村民是合法合情合理？ Leave me my ears。夠了，真的。

《明報》二〇一一年一月二十三日

遷就福克納

早前為了自學一點基本古典音樂知識，在讀史華福（Jan Swafford）的入門書 *The Vintage Guide to Classical Music*。寫到艱澀的奧地利作曲家荀白克（Arnold Schoenberg），有以下一句："Like many important artists of the century—among them Joyce, Eliot, Picasso, and Faulkner—Schoenberg does not come to us but demands that we come to him." 近世重要的藝術家，似乎都不會走過來就我們，只有我們就他們。

記得老師説，古文裏「就」字便是從甲走到乙，而乙不動。正義在彼方，勇者慷慨就義；醫者不動，病人保外就醫。好些文學巨著，便是這不動之乙，真要讀通，非得有全心遷就的準備不可。從甲到乙的路崎嶇難行，常常遙遠得教人絕望。唯有以近於朝聖的謙恭見步行步，才有望進入那陌生又完整的世界。陌生，因為他可能不近人情，説的既不像人話，事情往往也以另一節奏發生；完整，於是我們更加意識到自己總是身在局外，格格不入。

但有時問題卻不在無心遷就，而是低頭走了幾百里路，抬頭才發現茫然若失。所以，引介領路的人就更重要了。路雖然還是自己走的，但有人指點迷津，總算有點方向，沒那麼慌亂。

兜了一圈，因為首段引文中間提到的美國作家福克納（William Faulkner），筆下部分作品真是很難。最近偶然之下，讀到他的中篇小說《熊》，同時發現了台灣新亞出版社一九七六年出版的 *The Bear: With Chinese Annotations*。書的中文題目《熊——附中文註釋》比較低調，幾個編輯的名字也不見於封面。但看了幾頁，覺得這種編注真有先見之明。錄下英文原文，然後在每版之下為難字、不清楚的代名詞、重要的故事發展、值得欣賞的關鍵處一一以中文解釋，方便讀者了解脈絡，一步一步，踏實穩當。

這種注本有別於翻譯的地方，正在於能使作品原封不動，不改分毫，要求我們遷就原文的獨有表達，逼近由此而生的氣氛。這對讀者固然有一定要求，但慢慢來的話，得着要比讀譯本大得多。何況香港不少人都用上十幾年去學英文，一般卻少接觸當中最美的部分，實在可惜。想起來，這大概又與我們那往往輕視美感的語文教育有關。

孤陋寡聞，在網上找了一會，才知道此書的主編談德義（Pierre E. Demers）是位神父，數十年來在台灣引介歐美文學，為之做了大量中文注釋工作，範圍包括莎士比亞、喬哀斯、艾略特和龐德等。再查兩位編輯施逢雨和呂秀玲，則分別任教大學中文系和英文系，難怪中文釋文亦甚雅致。

《熊》的內容很難簡單歸納，因為作者正以其寫作，展示美國南方社會在內戰前後的動盪與複雜，時空的跳接頗大，寫法也晦澀。不如節錄注本第四章的第一條注釋，由此窺見故事之宏大深邃。主角名叫 Issac，由表侄 McCaslin 撫養長大：

第四章開始時，正當 Issac 二十一歲生日。從這時候起，他達到法定年齡，可以正式繼承 McCaslin 家的農莊。但就在這一天，他和 McCaslin 在農莊上促膝長談，表明了放棄繼承權的心意。他的根本理由是：McCaslin 農莊乃是罪惡的淵藪，唯有徹底棄絕，才能免除罪惡的束縛。Faulkner 透過 Issac 的意識流以及 Issac 和 McCaslin 的冗長辯論逐漸把此一觀點的各個層面及其形成因素展露出來。其間廣泛牽涉到 Issac 對其家世，以及對內戰、土地、黑奴，乃至於聖經等的一些見解，內容十分繁雜，而要之皆以他早年在森林中所浸潤陶冶的原始精神為根柢，以黑奴問題為焦點，以放棄農莊，脫除罪孽為歸趨。由於 Issac 的思想見解尚未整然一貫，而 Faulkner 又採取了極端綿密繁難的章法、句法來表達它，本章頗難理解；讀者務必用心追索，反復比對。

釋文之循循善誘，於此亦可見一斑。

一九四九年獲得諾貝爾文學獎的福克納，重要作品要數《我彌留之際》（*As I Lay Dying*）及《喧譁與騷動》（*The Sound and the Fury*）。個人經驗，前者是自己讀得懂的，而且有種懾人的神秘，以家庭中不同人物的心理和視點說一個送殯故事，極能呈現世界之紛繁莫測，值得細讀。後者則多少要點引介輔助。那時只讀原文，便很沮喪，心裏只是不斷在問：甚麼來的？最後似懂非懂的揭到最後，便算讀完，留待他日重讀再想。

順帶一提，*As I Lay Dying* 和 The *Sound and the Fury* 兩個書題都有典故。"As I Lay Dying" 語出荷馬史詩《奧德賽》（*The Odyssey*），"The Sound and the Fury" 則出自莎士比亞的《馬克白》（*Macbeth*）：

> Life's but a walking shadow, a poor player / That struts and frets his hour upon the stage / And then is heard no more: it is a tale / Told by an idiot, full of sound and fury, Signifying nothing.

朱生豪譯做：「人生不過是一個行走的影子，一個在舞臺上指手劃腳的拙劣的伶人，登場片刻，就在無聲無臭中悄然退下，它是一個愚人所講的故事，充滿着喧譁和騷動，卻找不到一點意義。」但不少重要作家，似乎都耗費生命用創作告訴我們：不，人生還是有意義的，不過啟示未必顯淺。有心知道的人，才更需要放下一點自我，還就他們。

《明報》 二〇一一年三月六日

你也不可以是宮本武藏

星期一回校與學生談起日本地震，說了不久，一位樂天的同學突然問：「你知道井上雄彥生死未卜嗎？」雖然很快證實那只是謠言，但真好，她記得。

日本漫畫家井上雄彥最出名的作品當然是《男兒當入樽》，但有次用了一堂時間講的，卻是他的《浪客行》。不常看漫畫，只因曾經看見兩個好朋友咬牙切齒地討論《浪客行》而幾至淚下，一邊聽，便一邊在心中牢牢記住了名字，然後等待一個假日下午，獨自到了旺角一間樓上漫畫店，瑟縮在自修室般的枱椅，撇除中間的吃飯時間，連續用了九小時一口氣看完三十二期。其時漫畫尚未終卷，但看不到結局也是好的，否則半日看完作者前後凡十二年的心血，大概會覺得冒犯，離開時胃痛也一定更加灼熱。

《浪客行》改編自小說家吉川英治的《宮本武藏》，背景是日本的戰國時代後期，主角一是又八，一是宮本武藏。二人同年出年，在美作的一條小村內一起長大，同樣希望成為出色的劍客。井上雄彥卻老早點出他們的趨捨異路，乃有最終的殊途同歸。

年輕時，知道曾對自己有恩的弱者受一眾暴徒所害，宮本武藏是義無反顧地向前衝，希望能及早趕往營救，哪怕自己寡不敵眾；跟在後面的又八，雖然害怕自己給遺棄也奮力跑，終於抵達，卻因為怯懦而躲在樹後，不敢挺身與宮本武藏一起抗敵，任憑朋友被人打得頭破血流，只能一直聽着他的叫喊，一直自卑。

二人自此分道揚鑣，一邊是宮本武藏劍道修煉之旅，不斷找更厲害的人挑戰，遇強愈強，似乎在人生路上遙遙領先。雖然劍道的智慧寫得用心，但這條線索不算好看，因為這種對人的要求，跡近高山景行，總有點可望而不可即。

另一邊就不同了。貪生怕死的又八，雖然遠遠落後，卻似乎更有血有肉。自愧不如宮本武藏，又八只能靠他說謊的才華，有時偷呃拐騙，有時冒充著名劍客，苟且蒙混地過活，往往還要給人識破，落荒而逃。同時，又八也從街談巷議得知，宮本武藏再度擊敗強者，劍道又有提升，正一步步變成二人期望的一流劍客。

故事的關鍵，是又八遇上了四處尋訪自己的母親。年邁的母親擔心又八安危，不惜離鄉別井，不遠千里。二人相遇時，又八逼不得已，又騙造了更多謊話來哄騙母親。但最後的醒悟卻正正在於，在這世界，唯有母親不介意他的謊話，又八徹底歉疚：「佐佐木小次郎這個名字是假的，武學證明也是假的，還有，我說自己出人頭地也是假的……那也是假的，這也是假的，謊話、謊話、謊話、謊話！一個謊話引來另一個謊話，是謊話地獄！」

結果，又八決定背着勞碌的母親走回鄉下。濃霧裏，山崖旁邊便是大海，又八被心中泛起那一波一波如浪的質問襲擊：「要不是武藏跟我同年，又在同一條村子出生，我根本沒需要說謊。要不是武藏在我身邊——那樣的話，我便沒有朋友了。老是武藏、武藏、武藏，到底我自己的位置在哪裏呢？」「我怎會這麼軟弱的？這種軟弱，我真想斬開，割斷，棄掉，軟脆把自己也——」又八走到懸崖邊緣，慎重地說：「老媽，夠了，我們一起死去吧……」

天地之間，又八就這樣面對生命的孤注一擲。此時背上幾近失明的母親卻說：「是大海呢。出來旅行，最大的收穫就是看到大海，我一直想看啊。因為美作是內陸，全靠又八，我才會看到。」

又八並未一躍而下。鏡頭一轉，他已天天待在鄉下的橋頭說故事，說宮本武藏浪跡天涯的故事；小孩一圈一圈圍着聽，聽他講種種劍術與決鬥。一個小孩忍不住問：「宮本武藏那麼厲害，是不是真的？」又八回答：「我以前可是終日說謊的，說得已經夠多了。其實只說真話，感覺也挺不錯。」天賦的說謊技能，讓又八成了個稱職的說書人，聽故事的人愈來愈多。直到有一天，又八說，今天不講打鬥，因為想起年少時與宮本武藏的一席話，過了這許多年，總算明白了。

小朋友自然覺得不吸引，一哄而散。唯有一個坐在前頭，呆呆望着又八，直到看見他一邊說一邊忍不住掩面哭起來。結果又八成不了一流劍客，卻成了一流說書人，讓後代都知道宮本武藏這個一流劍客；雖然還是不及宮本武藏勇武，他卻令更多人知道宮本武藏有多勇武。就這樣，又八終於發現了自己在這個世界的位置，成人之美，成人成己。

井上雄彥對小人物的關注，也見於《男兒當入樽》。讀中學時覺得最震撼的，就是漫畫看到最後，才發現一眾主角所屬的湘北原來是那麼不入流。最後幾期，湘北雖然苦戰盟主山王工業，並終以一分勝出，作者卻用兩句旁白交代，湘北因此戰元氣大傷，最終在第三回合比賽慘敗於愛和學院，離全國高校冠軍的路程尚遠。除了流川楓可以加入日本青年軍，其餘一集一集成長進步的角色，在全國的水平而言，原來都不算出眾。他們誰都不是，卻成了井上雄彥最關心的對象。

在許多「你也可以是」的便宜勵志裏頭，井上雄彥卻告訴我們，任他們再努力，又八也不可以是宮本武藏，湘北也沒拿到冠軍。這不是認命。這也不要緊。能夠拿出勇氣面對限制，找尋屬於自己的位置，或許也是一種安身立命。

看井上雄彥為地震災民而畫的幾十幅名為〈微笑〉的肖像，以及他與菅野洋子合作的短片，我又看見了那種對人的真切關懷，很想知道臉孔背後各有甚麼故事。這都是我在這段荒亂的日子裏頭，看過覺得最溫暖祥和的事情。

《明報》 二〇一一年三月二十日

斑白少年

向來不擅掌握抽象概念，是故讀艾柯（Umberto Eco）的著作時，不時要避過太難的理論，專心觀賞他在知識的脈絡裏縱橫涵泳的從容。只是有時也不肯定，這所謂觀賞是真有其事，還不過是由學問的虛榮而生之幻象。書名、人名、引述，若全是浮光掠影，雖多奚為？

告解一般開頭，因為最近偶見艾柯的新作《一個年青小說家的告解》（*Confessions of a Young Novelist*），還是忍不住買了來看。雖然書中的四篇文章，三篇來自演講，一篇是舊作改編，沒有多少新意。但他明年都八十歲了，還在講學和寫作，覺得不應苛求，就當是溫故知新。

艾柯的舊雨或可略過此書。第四篇〈我的清單〉取材自先前的圖冊《清單的無限》（*The Infinity of Lists*）。但這回只有文字，沒有圖像，力量削弱了許多。至於三篇演講紀錄中，〈作者作品與詮釋者〉源出《悠遊小說林》（*Six Walks in the Fictional Woods*）的第四講，〈從左寫到右〉（"Writing from Left to Right"）部分也與《論文學》（*On Literature*）中的〈我怎樣寫作〉（"How I Write"）相類。

艾柯的新知則不妨看看。「一個年青小說家的告解」是他二〇〇八年赴美演講的主題，三次演講的錄音均可在網上找到，所以可以拿着書邊聽邊讀。七十幾歲還年青？艾柯說，因為他第一本小說《玫瑰的名字》（*The Name of the Rose*）是四十八歲才寫成的，他的創作年歲，以小說家而言實在不長，故此要算年青。他笑言，會在未來五十年努力寫出更多小說。

艾柯怎樣寫東西？從首篇的題目〈從左寫到右〉可知，就是從紙的左方逐個字寫到紙的右方。這當然是他常用以搪塞胡混的應對。要是認真點，他則會強調，他寫小說往往先要有一清晰具體的基礎。譬如寫《玫瑰的名字》時，便先仔細畫好修道院的內部建築，知道由一點走到另一點的路徑和時間，這才決定角色對話的長短和節奏。假使要寫某人在摩德納火車站，待火車停下時去買份報紙，他也會先到達摩德納一次，看看火車停頓的時間有多長，報攤距離月台有多遠。這些準確的現實經驗所以重要，因為對他而言，小說家如同造物主，都在創造一個可能世界，播弄事物的信心，來源於對空間與細節的精確把握。

這種高度依附現實的創作，看來頗異於我們平常對於創作的想像。但這也可見艾柯一貫對虛構世界的關懷，書中第三篇文章〈論虛構人物〉（"Some Remarks on Fictional Characters"）便是上佳例子。艾柯由幾個問題開始：為何我們會為虛構的故事和人物哭泣？被情人拋棄，有人或會想到自殺。但艾柯說，沒有人會為聽見朋友被情人拋棄而想到自殺。然則，何以曾有青年人會為歌德的《少年維特的煩惱》而自殺？為了我們知道從不存在的人哀愁，究竟是甚麼意思？

艾柯的回應並非代入或移情一路，而是試圖藉此說清虛構世界與人物的特質。內容涉及我沒把握的存在論和符號學，不贅。但譬如艾柯會自問，究竟是認識父親多一點，還是認識在喬哀斯的《尤利西斯》當主角的布盧姆多一點？答曰，布魯姆。誰知父親有多少經歷、憂愁、困難、軟弱是自己聞所未聞的？其時艾柯父親已經過身，這些秘密也就永遠埋藏。但關於布魯姆的東西，他卻因每次重讀而知得更多。

相對於我們無法完全把握的現實世界及人事，虛構人物都完整而永恆，命運不可逆轉。無論如何，伊底柏斯繼續會選弒父的路，哈姆雷特還是娶不到奧菲利亞，卡夫卡《蛻變》的主角成蟲之後，就是沒有公主一吻而變成俊男。理論上，我們都可重寫這些故事。問題是，我們願意嗎？艾柯說，正正是虛構世界的這種種永恆，種種必然，讓觀者在命運的指縫間顫抖。如同悲劇，力量來自英雄無法逃離險惡的命運，逐步貼近自己雙手掘出的深淵。至於我們，就只能旁觀英雄盲打誤撞，無力幫忙。

明白虛構人物的命運，說不定我們也會開始懷疑，自己其實也常與命運相遇，然後慢慢發現，我們對當下這世界的理解之偏狹，正與虛構人物對他們那世界的理解相同。此所以好的虛構人物，都能展示真實的人類處境。

艾柯說會在未來五十年努力創作，去年果然寫成小說《布拉格墓地》，英譯會在今年出版。知道書題，倒是突然在想，要是艾柯活不到一百二十七歲，他繼續創作的願望便會落空。人總會與命運相遇。到了那天，我會靜靜重讀他說過的一個故事，見《悠遊小說林》最後一頁：艾柯有次應邀到了西班牙一個科學館，臨行前給帶到天象廳內，因為負責人將要給他驚喜。房間突然漆黑一片。過了一會，頭上的星空慢慢轉動。原來那是一九三二年一月五至六日之間，意大利阿歷山大里亞城的夜空，也就是艾柯出生的時空。那星空，他從沒看過，或許產後虛脫的母親也沒看過，可能只有父親，在見證了他的出生而深感躁動之後，靜靜步出陽台時看過。在那十五分鐘裏頭，艾柯說，他感到他似乎是唯一能與生命的源頭契合的人，而且有種該當立刻死去的慾望。雖死無憾，因為這就是他一生讀過最美的故事，一個以星和自己做主角的故事。

艾柯最後兩句這樣說：「那正是我不願離開的虛構森林。但因為我和你的生命都殘酷，我才在這裏。」（That was the fictional wood I wish I had never had to leave. But since life is cruel, for you and for me, here I am.）謹祝這年青小說家健康長壽，為人創作，為人分憂。

《明報》二〇一一年四月十七日

午夜巴黎的盛宴與情歌

剛看了美國導演活地阿倫（Woody Allen）的新作《午夜巴黎》（*Midnight in Paris*）。失意作家潘達（Gil Pender）回到美好的二十年代，跟聚居巴黎的一流作家與藝術家相遇。流麗是流麗了，願望也是真的，但逗笑的對白略嫌着跡，好些藝術家也只如紙板過場。雖然歡鬧，但有時不是因學識不足而笑不出，就是不笑不足以為道地跟着笑，蓋過了若存若亡的認識。所以最開懷的，還是跟蹤主角的偵探走錯了時空，在路易十四的皇宮給侍臣追捕的一段，直率而荒誕。

事實上，戲裏的許多歡樂都建基於知識。若不了解二十年代的歐洲文藝圈子，便很難看得投入。我不熟繪畫，倒想討論戲裏輕輕帶過的一首詩及一本回憶錄，希望能為在戲中穿插的作家增點血肉，添增氣色。

戲中幾個人在藝術館在皇宮在花園遊蕩，看羅丹看莫奈看畢加索，手比指畫，頭頭是道。幸好他們沒提及米高安哲羅。否則，奉〈普弗洛克的情歌〉為圭臬的潘達，一定念念有詞："In the room the women come and go / Talking of Michelangelo."

中年入籍英國的美裔詩人艾略特（T. S. Eliot）在戲中雖是驚鴻一瞥，但主角敬畏地說的一句"Prufrock is my mantra"才是重點，因他甘願一生低首普弗洛克，實在不無道理。〈普弗洛克的情歌〉（"The Love Song of J. Alfred Prufrock"）是艾略特早年的一首長詩，意義頗隱晦。普弗洛克亟欲從困倦封閉的現實世界遠走，又似乎走不了；被瑣碎的生活圍困，大問題問來問去問不出口；雖云情歌，卻充滿無法表達的情感；在衣冠楚楚的環境裏他似乎令人期待，但我們又無法把握他的身份。結果，他就一直在絮絮不休，夢囈一樣自言自語。同樣喜歡自言自語的活地阿倫，把這句對白放在主角口中，也算別富心思。

雖然潘達總是一派天真樂觀，不如普弗洛克陰晦，但二者的處境不也很相近嗎？普弗洛克的世界固然倦怠虛空，《午夜巴黎》的世界也同樣無聊。潘達希望寫出真正的藝術作品，卻無人明白。看戲的人記不住戲名，吃飯聊天，不是內容蒼白就總是有狗在擾攘，生活充滿比較與猜疑。那牢牢把人包圍的苦悶氣氛，正如〈普弗洛克的情歌〉裏那無孔不入的黃色煙霧，好像整個疲憊的時代都在沉睡：

The yellow fog that rubs its back upon the window-panes, / The yellow smoke that rubs its muzzle on the window-panes / Licked its tongue into the corners of the evening, / Lingered upon the pools that stand in drains.（黃色的霧在窗上擦背，黃色的煙在窗上擦嘴，用舌頭舐進黃昏的角落，在陰溝的積水上留連不去。）

在想像力貧乏的世界，旁人說的全是無關重要的事情，潘達穿得再端莊，都只為去見不想看見的人，試酒、講藝術、買傢俬，都為附庸風雅，如同普弗洛克，總在預備一張臉去遇見將要遇見的臉（"to prepare a face for the faces that you are going to meet"），然後又給熟悉的眼睛以一句套語盯實定型（"And I have known the eyes already, known them all—/ The eyes that fix you in a formulated phrase"）。

但到了最後，活地阿倫實在比艾略特輕省得多。潘達又回到現實的午夜巴黎，與賣舊唱片的女子在雨裏一同步去，實現了〈普弗洛克的情歌〉的開首一句："Let us go then, you and I"；而不像普弗洛克一般，在連綿的夢囈裏遁入更自由的海洋，輕輕說出全詩的最後一句："Till human voices wake us, and we drown"，直至被人聲喚醒，一同淹斃。

在戲中演出耀眼的美國作家海明威（Ernest Heminway），晚年在自殺前寫成回憶錄《流動的盛宴》（*A Moveable Feast*），縷述巴黎的生活片段，死後由太太編輯發表。在書中，海明威憶述了早年的貧困，談及自己的創作，但最好看的還是寫人的段落，包括同在戲裏出現的藝術收藏家斯泰因（Gertrude Stein）、費茲傑羅（F. Scott Fitzgerald）及其妻潔兒達（Zelda Fitzgerald）。斯泰因樂於提攜後進，海明威正是其中之一，雖然二人最終反目收場。費茲傑羅則與妻子愛恨交纏，關係沾滿了嫉妒。海明威說，《大亨小傳》（*The Great Gatsby*）剛出版時銷情慘淡，費茲傑羅因而悶悶不樂。他讀後倒深覺得那是第一流的小說，並暗暗提示自己，之後必須對這樣出色的作家再好一點。《流動的盛宴》唯獨〈費茲傑羅〉一章加有小序，是全書寫得最幽美的文字。海明威以蝴蝶翼上的微塵造成的圖案，比喻費茲傑羅的才華，自然而美麗，但一旦自覺而着意觀賞，便難再振翅高飛：

His talent was as natural as the pattern that was made by the dust on a butterfly's wings. At one time he understood it no more than the butterfly did and he did not know when it was brushed or marred. Later he became conscious of his damaged wings and of their construction and he learned to think and could not fly any more because the love of flight was gone and he could only remember when it had been effortless.

順着海明威這個比喻，想起來，二十年代的巴黎確有無數品種、顏色、紋理各異的蝴蝶，帶着翼上的微塵與圖案，飄飄然在雨裏蹁躚：有現代主義作家，有立體派畫家，有超現實主義導演，都懷着慾望與夢想，相遇相知，交錯激盪；鴻爪偶留，又風雲流散，以各自的才華共同創造出一個令人着迷的美好時代，讓今人念惜。

《明報》二〇一一年九月十八日

虛構再度介入

匆匆讀完意大利作家艾柯（Umberto Eco）新作，滿頭大汗。小說名為《布拉格墓園》（*The Prague Cemetery*），堪稱共濟會與猶太人陰謀論之集大成。故事背景設在十八十九世紀的歐洲，虛構的主角西蒙利利（Simonini），在真實的歷史和人物間左穿右插，牽涉大事包括意大利統一、法國大革命、巴黎公社、反猶的德雷福事件（Dreyfus Affair），現身的人物從主教、間諜、騙子、作家到政要等不知凡幾，全都在陰謀論的主線下進進出出。可惜人不是維基百科，一直是讀十頁查三頁，在維基裏順藤摸瓜，做些筆記，回頭再讀，打嗝一樣方能把這龐雜的書讀完。

嫌故事太長，可先看艾柯在《悠遊小說林》（*Six Walks in the Fictional Woods*）的最後一篇，七頁歸納了近七百年的歷史，以及《布拉格墓園》的四百三十頁。文章題為「虛構的協議書」（Fictional Protocols），探討虛構世界與真實世界的特質。兩者真是截然二分？剛剛相反，艾柯說，他們互相介入影響，關係千絲萬縷。虛構介入真實最徹底也最悲慘的一次，則必然是《錫安長老會協議書》（*The Protocols of the Elders of*

Zion）。這協議書一九〇五年在俄國出版，慢慢流佈各國，以猶太人覬覦靠控制各國的傳媒與經濟，終而統治全世界的陰謀作貫穿，極力形容他們的野心與鄙劣。

二十年代曾有人證明協議書不過取材自小說，大可一笑置之。可是，不少人對之深信不疑。艾柯說，後來的事也就是歷史了，因為書流到希特拉手中，他在《我的奮鬥》便視之為要典。到納粹上場，協議書即被列為學校教材，終成納粹屠猶的重要憑藉，導致人類極大傷亡。

但影響那麼大的書，究竟來自何方？艾柯說：種子是偏見與臆測，小說家以描述淋水、以橋段施肥，發芽成為陰謀論，然後再輾轉給人剽竊剪裁，汲取各種想像的養分，便開枝散葉，步步長成更堅實強大的陰謀論，終如合抱之木，開出朵朵誘人的花，負重的惡果掉下，如雨襲擊路過的人。

不同的是，艾柯在《悠遊小說林》以演講和散文道出這段集體創作的歷史，前作《傅科擺》和《布拉格墓園》則用小說盛載故事。在《傅科擺》是略略帶過，今次則如用慢鏡，逐步把果實還原為花，花還原為新芽，終而回到不起眼的種子，例如小說開頭，主角祖父那封厚詆猶太人的書信。記錄這逆向的生長過程，同時是為近世重要的陰謀論正本清源。

當然，回溯歷史只是一小部分。艾柯更重要的工作，是依仗小說賦予的空間介入歷史，於是陰險歹毒的主角西蒙利利，便在歷史大事之間推波助瀾，為他們平添一個個想像的注腳。同時，小說也點出歷史發展的偶然與錯綜複雜，而虛構物如傳言、小說及騙局，又如何牽涉其間，影響走向。曾經，虛構介入真實，《錫安長老會協議書》促成納粹屠猶這憾事；今次，虛構再度介入真實，艾柯走進歷史寫成《布拉格墓園》，還原大樹，重新為《錫安長老會協議書》建立一個半真半假的生長過程。在這意義下，艾柯似乎是用虛構對抗虛構，靠寫作為虛構世界和人類歷史補償。

艾柯這樣挪用增刪，無可避免也把自己擠進陰謀論的寫作傳統裏頭。書成之後，如羅馬的首席拉比便批評其反猶色彩。但艾柯要做的，其實是以陰謀論小說展示陰謀論的特質：他們其實都沒多少新意，不過是把舊到無人認識的陰謀論重新整理，連攻擊對象也可因應需要而轉移，是聖殿騎士團，是耶穌會，是共濟會，都沒所謂，只要那是大家已經相信的東西便行。這正是書中提及的「陰謀之普遍形式」（The Universal Form of Conspiracy）。《布拉格墓園》不過是在這傳統底下，拼湊舊有的陰謀論，讓人看清其鬆散無根；一旦明白其運作，自然不受影響。

弔詭的卻是，無論如何證明陰謀論之為虛構，有人還是會結實地相信下去。所以艾柯似乎在問，我們對於虛構和陰謀論，為何會有這根深蒂固的渴求？這是因為我們不知道是否真有人在操控世界，而感到焦躁不安嗎？還是又回到《悠遊小說林》提及的大問題：我們是渴望把虛構世界的狹小穩定、確知作者，投射到現實世界，以解決現實世界的流動無垠、茫茫然不知是否真有主宰或意義的困頓嗎？

所謂陰謀之普遍形式，可舉小說名稱「布拉格墓園」闡明。十二猶太長老，深夜齊集在布拉格墓園道出陰謀的一幕，本就取材自德國作家古德哲（Hermann Goedsche）的著作。這是他原創的嗎？不是，畫面來自法國作家大仲馬（Alexandre Dumas）的小說，人物原來也非猶太人。不要緊，改一改就行。反猶的古德哲甚至不知道猶太十二支派有十個已經滅亡，根本不可能有十二支派的首領出現。但枝節也不要緊，有人信便可以了；這便是形式。

那麼《布拉格墓園》虛構得好嗎？很難說。一方面，我想艾柯一定是讀厭了流行的陰謀論小說，誓要寫出如歷史本身一樣繁瑣的故事。他博學，也炫學，書由他來寫，自然會如此龐雜，難以消化。書末還特意附有“Useless Learned Explanation”一章，單是題目已教人會心微笑，學究得徹徹底底，但也沒自詡吐辭為經，不過就如閒話家常。

另一方面，雖然艾柯放在情節的心思之多，足令他在書末另列一個情節推進表出來，但小說的寫法有點質木無文，似乎太着意處理史實，提供知識，仿佛在虛構之林豎立了太多現實巨柱，自己也就不能自由倘佯逍遙林下。各歷史人物出場的方法也略呆滯，常常只以「那時有個某甲」之類的語氣帶過，結果任誰出現，效果也沒多大分別。所以讀起來，間歇覺得像文化史多於小說，艾柯的大學者與小說家身份，就如虛構與真實一樣，互相影響。

《明報》 二〇一一年十二月十一日

卡夫卡的另一隻地鼠

去年十二月寫過卡夫卡在〈地洞〉裏頭那隻地鼠。一年既去，再寫一篇，因他另一短篇故事〈鄉村教師〉，也跟地鼠有關。故事又名〈巨大地鼠〉，英譯的題目就叫 "The Village Schoolmaster, or The Giant Mole"。地鼠雖然巨大，但一開始便橫屍某偏僻的村落。村內一個年邁的教師，卻希望證明地鼠之巨大實屬史無前例，那將是石破天驚的發現。若能如此，他便會成為另外一個哥倫布。

故事開首已經點出，地鼠與連帶消息都是幾年前的事了，有點瑣碎無聊，幾乎已為人忘掉。只是回想起來，此事也曾哄動一時，更有人專程到訪那個沒有路軌連接的鄉村，不過幾個月之後又沉寂下來。唯有那個老教師仍然努力不懈，一心要證明那是重大發現，甚至自行出版小冊子，希望得到肯定。但礙於能力和器材，他不單沒受人重視，還要給一些學者取笑。

故事裏的那個「我」則是一個城市商人。雖與教師素未謀面，但聽見教師的遭遇，商人看不過眼，很想為他做點事。商人要證明的，卻不是地鼠有多巨大，或那發現有多重要，而是教師的誠實可信。問題是，怎樣才能證明這教師可信？於是商人也做了些調查，出版了小冊子，但老教師聞訊不單沒有好感，甚至有點狐疑：為何要大費周章出版另一份小冊子？如果真心支持自己，全力叫人看他已出版的小冊子不就可以了嗎？

歲月流逝，事與願違。不單有人搞混兩本小冊子，老教師也覺得商人不單無意幫忙，還在阻礙自己得到應有的名聲。最後，商人覺得還是自己多事，決定退出這個證明的遊戲。

聖誕節來了，老教師從鄉村遠赴商人的家，反對他就此退出。教師坦白說出自己的想像：得到城市人的幫助，便能名成利就。但商人反問，名成利就真可能嗎？仔細想想吧，地鼠的發現，極其量只會得到一個大學教授的肯定。或許他會派兩個年青學生來跟進。姑勿論年青人總是懷疑反叛，就算他們願意盡力協助研究，那所謂證明極其量只會給人訕笑。

商人繼續推衍下去。就算那證明最終給人確認，好吧，先前嘲笑過你的學術期刊可能會肯定你的成果，向你道歉。善心人也可能會為你張羅些獎學金，甚至請你到城市去，給你謀個職位，讓你有更好的資源繼續研究。但這些同情你的人勢必同時發現，你已經很老了，要從頭學習科學，簡直完全無望，而且地鼠的發現還不過是依賴運氣。不久，那發現也會鎔鑄在人類的整體知識裏頭，你的名字隨即給人忘記。然後你又回到那遙遠的鄉村，可能會有多點閒錢為家人添置衣物，有人可能會在發現地鼠的地方建一間博物館，也可能會給你一條鎖匙讓你有炫耀的本錢，甚至給你一個襟章掛在胸前。但是，這就是你想要的嗎？

說完這一段一段的聯想，商人在房間來回踱步，示意一直坐着聽的老人是時候離去了。故事最後一句是這樣的：「當我從後凝望這個頑固的老人，這個就一直坐在桌前的老人，要請他離開，似乎已經絕不可能了。」

跟卡夫卡好些故事一樣，〈鄉村教師〉也是個未完之作。雖不知道他會如何寫下去，但讀到末段，倒覺得這樣戛然而止也不錯。彷彿要到這最後一刻，老人才能發現，地鼠原來一點也不巨大，並與自己同樣渺小。說來奇怪，老人困在椅上動彈不得的背影，竟讓我想起卡夫卡的摯友布洛德（Max Brod）。

布洛德比卡夫卡小一歲，大學二年級時認識卡夫卡，之後便一起切磋學問，攻讀柏拉圖，以創作互相砥礪。卡夫卡臨死之前，還託付布洛德把遺稿全部毀滅。後事如何？美國作家史坦納（George Steiner）在他的《大師與門徒》（*Lessons of the Masters*），即曾提及這樣一宗殘酷得像笑話的軼事：

下雨的晚上，布洛德一邊流淚一邊在布拉格的城堡附近經過，迎面碰見一著名的書商。

書商問：「你為何在哭泣呢？」

布洛德答：「剛知道卡夫卡過身的消息。」

書商說：「噢，真令人難過。我知道你對這年青人的推崇。」

布洛德說：「你不明白，因為他還吩咐我燒掉他的手稿。」

書商說：「那麼你照做就是了。」

布洛德說：「你不明白，卡夫卡可是世上最好的德文作家。」

雨繼續下。夜裏一片靜謐。

書商突然說：「我想到辦法了。你何不燒掉自己寫的書作代替呢？」

這宗軼事看來並不可靠。按道理，書商對剛痛失摯友的布洛德當不至如此無情。布洛德固然不是鄉村教師，大概不會有那虛妄，但聽見書商的話，可能也會有種自我發現的震驚：霎時需要重新在世界找一個位置，再把自己放下。不知結果是他在雨裏站得久，還是老教師在桌前坐得久。

事實上，創作甚豐的布洛德結果最為人熟悉的作品，可能還是《卡夫卡傳》。在書中，布洛德正以蘇格拉底跟柏拉圖，對照卡夫卡與自己的關係。這個類比很好。因為柏拉圖和布洛德，我們才能知道蘇格拉底的話，讀到〈鄉村教師〉，聽見巨大地鼠的故事。

《明報》　二〇一一年十二月二十五日

畢加索與豐子愷

最近重要展覽有兩個，未看畢加索，看了豐子愷。豐子愷很親切，畢加索很抽象，於是便先看伯格（John Berger）寫的《畢加索的成敗》（*The Success and Failure of Picasso*）。面對藝術大師，出於無知的膜拜或輕蔑不好，正如不必要的自卑也不好。此時，論者便當予人適切的背景，搭建橋梁，提出往往別於主流的看法。

《畢加索的成敗》成書於一九六五年，伯格於一九八八年再補寫一章。此書初面世時，畢加索已經七十四歲，地位如神，高高在上。藝術的光環，據說在現代化的大量複製出現之後已被拆毀，但畢加索頭戴的光環，卻是史無前例的光亮：想擁有甚麼，畫甚麼出來就可以了。但光線刺眼只會令人側目，要評論，伯格便先把畢加索從神壇扯下。仰望成了正視，下巴成了面容，這樣才能讓人看見其天才，也看見其寂寞。除了評論也寫小說的伯格，之後便是倒敘一般，慢慢重溯畢加索給捧上神壇的過程。

伯格既是左翼作家，對藝術家身處那政治經濟的歷史脈絡，自然特別敏感。談畢加索能不提藝術市場嗎？伯格覺得不可能。他說，五十年代，美國政府為鼓勵更多藝術品流入國土，便通過法例，讓人以捐贈藝術品給藝術館的方式減稅，但生前卻能一直保管，死後才需捐出。同時，英國也改變法例以防藝術品外流。流風所及，藝術品的買賣更為活躍，成了重要投資項目，價錢自然升高。若能保值，金錢與藝術家的名聲就再難分割。

但純粹把藝術視為貨物，又可能對美學太過低貶。伯格接着做的，便是在歷史時空的背景前面，描畫畢加索的藝術天才外揚與退隱的歷程。書的內容豐富龐雜，此處無力細說，唯他寫立體主義（Cubism）及《巡遊》（*Parade*）的段落，卻很深刻，足見一個論者的視野。

經歷了藍色時期和玫瑰時期之後，畢加索進入了他的立體主義時期。但如何能用一個畫面歸納立體主義？伯格從塞尚（Paul Cézanee）一個恆久的疑惑開始：每個小孩都試過躺在床上單眼看東西，一隻看完另一隻再看，景物已稍有不同。畫家一旦知道這困難，能夠坐視不理嗎？偏偏塞尚不能，但同時他又不欲走向破碎零散一路；他追求的，是準確與統合。問題一直像鬼魅纏繞塞尚：如同單起一眼，看見第一隻鬼；單起另一隻眼，便看見第二隻鬼。在瘋癲與突破之間，塞尚選擇了突破，由此為立體主義奠下根基。

伯格把視角的時左時右，扣連到鬼魅的時隱時現，真是神來之筆。不知怎的，鬼魅的意象，隱隱讓我想起《共產黨宣言》那個歐洲着魔的開頭。伯格接下來真的花了大量篇幅，從立體主義引申到現代世界的變遷，包括科學發展、資本主義與殖民的擴張、工業化的大量生產等等，列寧、愛因斯坦、達爾文和馬克思相繼出現。如同鏡頭逐步拉遠，主角從畢加索的個人生平變成藝術史，再拉遠，就是更寬闊的人類歷史了。過了一會，伯格回應了左翼論者普遍對立體主義的誤解，鏡頭才再推近，在茫茫人海找回畢加索，重新對焦在他身上。伯格的評論就是這樣層層進退，沒有此等識見，開合斷不能如此宏大，評論也不會這樣立體。

世界變遷巨大，藝術家如何回應？鏡頭一轉已經到了一九一七年，多才多藝的高克多（Jean Cocteau）正結集各路天才，與他為芭蕾舞劇《巡遊》一起合作。音樂家沙提（Erik Satie）、舞蹈家狄亞基列夫（Serge de Diaghilev）和畢加索都來了，匯合成世間罕見的藝術組合，立意打破傳統。《巡遊》同年在巴黎首演，但完場時觀眾都給惹怒了，「骯髒的德國人！」之咒罵此起彼落，場面混亂。直到從第一次世界大戰中受傷回來、最早提出「超現實主義」的詩人阿波里奈（Guillaume Apollinaire）居中調停，場面才稍為平靜下來。鏡頭拉遠一點，德軍原來已經進侵巴黎不遠處。再拉遠一點，這次劇院的小小騷動，也成了藝術史上的重要象徵。自此以後，藝術與社會現實的關係就更難捨難離了。順帶一提，一個蒙太奇剪接到中國的話，與畢加索同在一八八一年出生的魯迅，便在一年之後發表了劃時代的〈狂人日記〉。再一年之後戰事結束，就有了五四運動。

藝術家無疑都受環境影響，但那影響卻不一定是直接的。評論者的眼光，正是從時空網絡看出重點，然後重新穿線，連繫到藝術家身上，看他如何回應眼前的問題與處境。伯格論畢加索的成敗，便以一九三〇到一九四四為其創作高峰，認為此時期畫面的肉體感官最深最強，往往能打破客觀物象，趨近痛苦與愉悦的真實。但一九四四年畢加索加入共產黨之後，水準便一直滑落，也逐漸失去了合適的題材，之後愈是受人擁戴，就愈寂寞。一路寫來，伯格對畢加索充滿同情，書中的畢加索總是有點無辜似的：低沉落寞時，伯格不脱一種糟蹋天才的憐惜，感慨畢加索背離了自己而不自知；就算名成利就，伯格對他也無甚非議，重點反而在把他高舉的市場機制與社會氣氛。

今年八十六歲的伯格最著名的作品是一九七二年的小書《觀看之道》（*Ways of*

Seeing）。他提醒我們，看畫總不能單看畫面，還要看穿畫布而及於畫後的背景，同時不忘退後一步，追問為何選擇看這個而不看那個，這樣看而不那樣看。我們的眼睛，真能自然地觀看事物，發現美感？還是無可避免都受到歷史、政治、社會、文化的影響而早被調校？幾十年來，伯格寫了大量關於藝術的散文，總是強調藝術品的歷史脈絡，並對「觀看」提出各種問題。有時單看他那比較的眼光，已覺別樹一格，充滿驚喜。我就想不到誰會把畫家培根（Francis Bacon）與禾路迪士尼相提並論了。

看藝術作品，有機會當然不妨看看真跡。未看畢加索展覽，上週卻在藝術館看了豐子愷畫展，只覺雅淡簡約，氣氛甚佳，可算近年看過最好的展覽。豐子愷其中一張畫作名為〈有情世界〉，枱上的葵扇、水杯、日曆、筆筒等各有眼耳口鼻，一片和樂。但最吸引我的，卻是右下角一個閉目養神的茶壺，因他讓我想起了畢加索的一幅畫。一九〇五年，畢加索曾為阿波里奈爾畫畫，題為“Apollinaire as a Teapot”，把詩人畫成一個憂鬱的茶壺，肥又矮，充滿童趣。童趣是豐子愷與畢加索的共同追求。畢加索希望返回自然，如小孩一般觀看，畫畫；豐子愷則靠觀察日常生活，提煉簡約的線條，輕輕幾筆就說出一個動人故事。

但畢加索與豐子愷的際遇卻大有分別。伯格的《畢加索的成敗》面世之時，畢加索已成了神，在莊園和大宅安享晚年，偶爾畫畫；一年之後，中國則開始了長達十年的「文化大革命」，豐子愷被打成「反革命黑畫家」，是上海十大重點批鬥對象之一，躲在牛棚過日子，只好以停筆來回應時代。臨終前幾年，豐子愷曾賦詩一首，一氣三十字，全用仄聲：「歲晚命運惡，病肺又病足。日夜臥病榻，食麵或食粥。切勿訴苦悶，寂寞便是福。」畢加索晚年縱有難耐的寂寞，對比豐子愷「寂寞便是福」的想法，未免太過幸福。對一些藝術家來説，成敗都不重要，能夠安穩過活，歲月無驚，閒時畫畫，已很不錯。願望看似卑微，但歷史告訴我們，社會現實有時真是卻連這卑微願望都容不下。不亦悲乎！

《明報》　二〇一二年六月十七日

遲來的拯救

一九一六年，自我放逐的愛爾蘭作家喬哀斯（James Joyce），出版了自傳體小說《一個青年藝術家的畫像》（*A Portrait of the Artist as a Young Man*），其中一段借funnel和tundish兩個英文字，帶出殖民的省思，主角說的"The language in which we are speaking is his before it is mine"，準確點出學習宗主國語言的經驗。同年，一批愛爾蘭人為抵抗英國，在都柏林等地起義，歷時一週，是為「復活節起義」（Easter Rising）。同年，愛爾蘭詩人葉慈（W. B. Yeats）寫成"Easter 1916"一詩紀念此事，語意矛盾的"A terrible beauty is born"三度出現。同年，一個叫做卡斯曼（Roger Casement）的愛爾蘭人被英國逮捕，以叛國罪名在倫敦問吊——雖然他不是起義的領袖。他甚至反對那場起義。

秘魯作家略薩（Mario Vargas Llosa）最新的小說《塞爾特人之夢》（*The Dream of the Celt*），主角不是愛爾蘭的藝術家或詩人，也不是戰死的士兵，而是最後那位難以歸類的卡斯曼。他的死刑是終點，略薩則同時從起點開始，於是小說便分出兩條時間線，一條寫他在獄中臨死前的時光，一條從他的出身說起。

卡斯曼是愛爾蘭人，本來出任英國領事，曾走訪剛果和秘魯，觀察殖民者與商人虐待土著的情況，寫成報告，引起國際關注。這些經歷同時提醒他愛爾蘭亦身受殖民之害，英國中斷了愛爾蘭人與傳統文化的連繫。卡斯曼決意從頭學習蓋爾語（Gaelic），尋回失去的根，幫助愛爾蘭走出獨立之路。

來到這裏，似乎全是一個民族英雄的故事。但世界總不是為了建造英雄而設的。相反，世事的複雜與偶然，往往使心腸再熱、歷練再多的人，都有太多東西不能把握，一跌就跌進了歷史的深淵，有時還要如卡斯曼一樣，伴隨旁人的唾罵下墜。百年之後，路過的略薩聽見了回音，在懸崖邊探頭觀看，便試圖重構卡斯曼失足前看過想過的事情。死者已矣，寫作總算是遲來的拯救。

《塞爾特人之夢》沒太多驚喜，因為歷史早已把結局說穿。一九一四年歐戰展開，卡斯曼知道借助外力的機會來了。他串連德國，號召代英國出戰又被德國俘虜的愛爾蘭士兵，一起反攻英國，卻遭到冷待。同時，「愛爾蘭共和兄弟會」（The Irish Republican Brotherhood，簡稱 IRB）已決定在國土起義。以卵擊石，必然傷亡慘重，卡斯曼想阻止起義，避免無辜獻祭，設法先把德國的武器運回國土，待機會來了，英國分身不暇，才再動身。但兄弟會不單不理會他的勸告，還怕他回國會破壞起義，刻意不讓他介入。

此時，卡斯曼亦被人出賣，給英國逮捕，以為他依仗德國回愛爾蘭策動起義。這還不特止，英國政府為了輿論支持，散佈一批不知孰真孰假的卡斯曼日記，裏頭寫滿他的同性戀性交經歷，在信奉天主教的愛爾蘭圈子，是很嚴重的罪名。最後，故友一一離他而去，卡斯曼就這樣鬱鬱而終。

天意弄人，歷史本來已較小說曲折，然則略薩的小說如何着墨？先看看小說的組織。小說分三部分，第一部「剛果」佔了頭七章，第二部「亞馬遜」佔了五章，最後一部「愛爾蘭」，理應是重心，卻只佔三章。這安排合理嗎？略薩詳遠略近，足見用心。卡斯曼希望解放愛爾蘭，略薩希望解放卡斯曼：除了叛國不叛國，機智不機智，日記孰真孰假，走遍半個世界的卡斯曼，還是個有血有肉的人，有他的種種建樹與掙扎。「剛果」之部建立了他堅實的人道關懷，與寫《黑暗之心》（*Heart of Darkness*）的康拉德（Joseph Conrad）之相交，直面比利時暴君利奧波德二世（Leopold II of Belgium），都與他抵抗壓迫的決心有關，同時透現出他解放民族的志向；「亞馬遜」之部尤重視他的性慾，我認為這部分是小說的高峰。

略薩想我們認同卡斯曼，又不至過分代入。小說以第三人稱敘事，文句淡白，連比喻都不多見，間歇才以一句斜體字交代強烈的心聲。由此建立的平白背景，正使得句式短促、內容如雷如浪的日記，每次出現都因其爆發力而走到台前。

在小說初部，我們已看見卡斯曼對男性身體的注視與興趣。到了「亞馬遜」之部，即更集中描寫他跟人調情與性交的場面，以及他事後在日記的回憶。初看還不為意，以為有些細節沒寫出來，暗場交代。後來卻突然發現，不對，敘事者說的是一套，他在日記寫的卻是另一套！就算勾搭失敗，卡斯曼照樣寫下激烈的性交過程，以日記創作排遣失望，靠想像彌補空虛。略薩固然無法確知此事，但正如他在〈後記〉補充："My own impression—that of a novelist, obviously—is that Roger Casement wrote the famous diaries but did not live them." 破折號中的 "of a novelist" 正是關鍵。略薩借歷史小說賦予他的自由，憑藉觸覺，寫出一種不是完全憑空的杜撰，凸顯主角慾望的綻放與失落，他心中的悵惘與孤寂。

但若然略薩的印象真是對的，歷史就更殘酷了。假使卡斯曼的問吊，真因為日記令他失卻輿論支持，而日記又真有虛構的部分，那麼卡斯曼在日記的創作便是幫兇。果真如此，略薩在小說的創作，就在挽救他身後之名——跟壯烈犧牲的英雄不同，這位英雄身份尷尬，充滿對立，認同他的務實也未必認同他靠攏德國。他見識不凡卻又誤信左右，最後還要遇上歷史的誤會，正如書中寫到英國以日記誣衊他的計劃："A campaign to plunge into ignominy the supreme leader he never was or wanted to be! That was history, a branch of fable-writing attempting to be science." 略薩以小說呈現歷史和卡斯曼的含混，提示我們不要為了簡化帶來的安心，輕下判斷。

早前讀余英時先生為汪精衛《雙照樓詩詞藁》寫的長序，很佩服為他從詩詞與史料揣摩前人心跡的用心，後段借周佛海與羅君強跟汪精衛對照，尤其仔細。雖然余英時強調他無意翻案，但史學家與文學家總在質疑定見。他們似乎知道，因果關係往往是後加的。依着現象尋回原因，說得過去，有人相信，就自然成了一個看法，然後古人就給安置在各種分類底下。但怎樣的果應該扣上怎樣的因，誰說得準？於是，總有人稍稍移頭，靠近歷史人物的第一身視角，看看他們視野的所及與不及，嘗試明白其限制與處境，建立更溫柔、更有說服力的見解。

余英時說，汪精衛本質上應該是個詩人，卻不幸碰上了權力的世界，悲劇因此注定。其實，卡斯曼也寫詩，略薩的書題「塞爾特人之夢」正是他一首詩歌的名字。在網上輸入"The Dream of the Celt"，找來找去，詩找不到，只找到略薩這小說。所以，我始終不知道原詩的塞爾特人發過怎樣的夢，卡斯曼本質上是不是個詩人。但因為小說，我卻目睹了他的恨事。

《明報》 二〇一二年八月二十六日

卡夫卡與麒麟

過去兩年的十二月，先後寫過卡夫卡筆下的兩隻地鼠。〈地洞〉（"The Burrow"）那隻營營役役懵懵懂懂，〈鄉村教師〉（"The Village School Master"）那隻一開場已無疾而終。今年不寫地鼠寫麒麟，因為早前讀了阿根廷作家波赫斯（Jorge Luis Borges）的散文〈卡夫卡及其先驅者〉（"Kafka and his precursors"），嘆為觀止。但波赫斯在文章引以啟首的，卻不是麒麟，而是鳳凰。

波赫斯說，本以為卡夫卡像鳳凰一樣獨一無二，平空而來，無跡可尋。慢慢卻發現，在異時異地的文學作品，原來早就有卡夫卡的身影。這些先行者，包括以悖論著稱的芝諾（Zeno）、哲學家祈克果（Kierkegaard）和詩人布朗寧（Browning）。但最教人驚喜的，當然是韓愈——不是因為他文起八代之衰，而是因為他寫過一篇〈獲麟解〉。

波赫斯在法國漢學家馬吉烈（Georges Margouliès）編寫的《中國文學精選集》，看見了韓愈的〈獲麟解〉，讀之心喜，後來在自己那本搜集世上各式異獸的《想像的動物》（*The Book of Imaginary Beings*），也特別於〈獨角獸〉（"The Unicorn"）之外，引韓愈所言而另闢〈中國的獨角獸〉（"The Unicorn of China"）一章。

先說說昌黎先生的〈獲麟解〉。文章不長，韓愈的問題很簡單：麟雖是仁獸，但因為我們都沒見過，要是有天在街上看見，又怎能認得？他說：「然則，雖有麟，不可知其為麟也，角者，吾知其為牛；鬣者，吾知其為馬；犬豕豺狼麋鹿，吾知其為犬豕豺狼麋鹿；惟麟也不可知。」這「不可知」就麻煩了，不能納入規矩之內，無法歸類，不是很令人不安嗎？於是下一句便說：「不可知，則其謂之不祥也亦宜。」仁獸一下就不祥起來，很冤枉，韓愈於是引出聖人來補救：「雖然，麟之出，必有聖人在乎位，麟為聖人出也。聖人者必知麟，麟之果不為不祥也。」有聖人，麟才出現，也就沒有不被認出的問題，肯定是仁獸了。

所謂獲麟，其實是指魯哀公十四年「西狩獲麟」的故事。據說其時天下無道，卻有一麟無端出沒，還要被人以為不祥而捕獲，孔子哀傷得因此絕筆《春秋》。《春秋》三傳對獲麟一事所載略異，以《左傳》最簡，寫孔子之處，只有「仲尼觀之曰：『麟也。』」一句。言簡意賅的「麟也」二字，既說明何謂獨具慧眼，反過來也建立了孔子的聖人地位。當然，前人一早點出，韓愈寫〈獲麟解〉實有自況之意，發發未受賞識的牢騷，讓人想起他在〈雜説四首〉的伯樂與千里馬。

波赫斯借〈獲麟解〉講卡夫卡，着眼顯然不在聖人，所以引文只引到「惟麟也不可知」就完了，聖人無緣出場。但波赫斯在文章並未明言〈獲麟解〉與卡夫卡的關係，讀者只好自行聯想。我首先想起艾柯（Umberto Eco）的《康德與鴨嘴獸》（*Kant and the Platypus*）。不懂康德，最初只因這書題目有趣，以為可當入門書便貿然買下。結果發現錯了，根本沒有所需的知識理解內容。雖然如此，書中一個故事倒是至今難忘，重讀〈獲麟解〉時立刻記起。

故事出自〈馬可孛羅與獨角獸〉（"Marco Polo and the Unicorn"）一節，説的是面對從未認知的事物，我們通常會在已有的知識中找類比。艾柯舉例説，當馬可孛羅首次在爪哇遇上犀牛，無以名之，但見四足一角，便依靠自己的文化背景，把他認作傳説中的獨角獸了。但馬可孛羅不無困惑，因為面前這些獨角獸形相古怪，跟相傳的純白聖潔幾乎相反。他在《馬可孛羅遊記》（*Description of the World*）如是記載：「這些野獸原來十分醜陋，而且骯髒，根本不像我們所形容的那樣，會自動安躺在處女的大腿之上。」艾柯説，馬可孛羅選擇改變自己對獨角獸的理解，而不為世界建立一個新的動物種類，其實是文化與經驗協商後之結果。這也是殖民者初次在澳洲看見鴨嘴獸時的反應，因其「不可知」，姑且就將之當成「水中鼴」（water mole）。

說了這許多動物，究竟跟卡夫卡有何關係？我們依靠概念把握萬事萬物，但麒麟、犀牛和獨角獸，卻都因為這「不可知」而在井然分類的罅隙之間左右徘徊。於是，總能從潔白雄偉的高牆看見裂紋、在機械而安穩的生活發現破綻的作家，便如牧羊人一樣，驅使這些異獸穿來插去，一線窄縫，原來別有洞天；愈來愈細緻嚴謹的知識體系，同時留有這足以游刃的餘地，或朦混或詭異，自有另一種優美。在波赫斯的《想像的動物》裏頭，其中三隻動物正正出自卡夫卡的故事。一隻似袋鼠而尾巴極大，不斷試圖馴服他的主人；一隻半羊半貓，成了鄉里之間的話題，與主人親密而冰冷地共存。

最迷人的是最後一隻，名字是古怪的 Odradek。他類近一個星形的木線轆，可以兩腳站起來。不過這些描述都可能出錯，因為故事裏的主人，總是沒法把他看清，無論如何換個角度，或挨近一點，也只能如霧裏看花，對他全無把握。問題是，這 Odradek 有自己的生命，主人未及辨明他究竟是甚麼東西，已要與他共同生活，跟他敷衍地閒聊應對。但到最後，主人終於禁不住追問自己：Odradek 會死嗎？所有會死的東西都有某種生存目標，唯獨他沒有；他只會一直在樓梯間跌來跌去，纏結一地絲線，落在主人一代又一代的子孫腳邊。故事的最後一句很荒涼，想到這「不可知」之物竟然還要永生不滅，主人說：「雖然他對任何人都無害，但他會比我活得長久的想法，卻使我痛苦。」（"He does no harm to anyone that one can see; but the idea that he is likely to survive me I find almost painful."）

波赫斯在〈卡夫卡及其先驅者〉結尾有個精微的想法：芝諾、韓愈、祈克果和布朗寧雖然都多少有點卡夫卡的特質，但要是沒有卡夫卡，這特質也勢必無人察覺，也就不存在了。波赫斯寫這幾句時，說不定在想着韓愈的麒麟。冷峻得看似不食人間煙火的卡夫卡，其猶麟乎，幽渺而難以確切把握，總在我們認知的邊界來回踱步，卻有助吾人一一看清牛之角、馬之鬣。

好作品能修正我們對前人的看法，同時為後人導乎先路；卡夫卡之於波赫斯，或亦如波赫斯之於艾柯。艾柯在《康德與鴨嘴獸》的前言特別提到波赫斯，說起書題的鴨嘴獸，艾柯笑言本以為終於找到波赫斯從沒說過的動物，但後來發現，波赫斯果然連鴨嘴獸都談過了，還要覺得這動物很恐怖，好像從其他動物擷取身體各部分組合而成。艾柯說他希望證明鴨嘴獸並不恐怖，而且關係正正相反，因鴨嘴獸的物種很早出現，所以應是其他動物從鴨嘴獸身上擷取東西才對。想起來，這種你中有我、我中有你的循環，似可拿來歸納卡夫卡及其先驅與後輩的關係，於是卡夫卡、芝諾、韓愈、祈克果、布朗寧、波赫斯和艾柯這麼天南地北的作家，才會在一篇文章裏頭，雞同鴨講，聚首一堂。

《明報》二〇一二年十二月二日

三・發光的電影

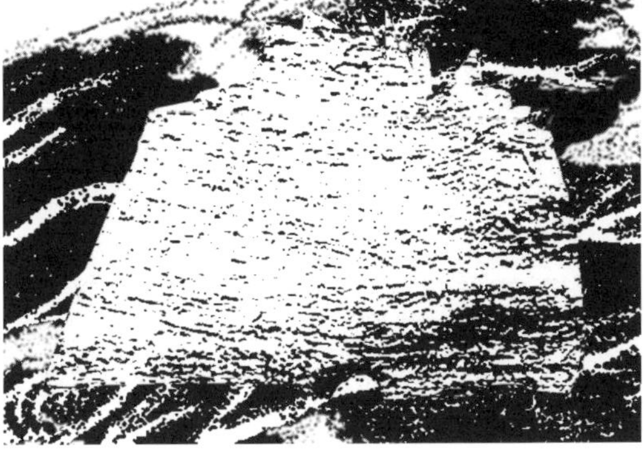

永恆和一天

一個同年出生的朋友，最近在搜集我們那代人的六四記憶。我最近重看了一部電影。

其中一人的故事很有趣。大抵是那時候的禮堂太侷促，所以身邊一個小朋友在大抵很悲壯的集會暈下應聲倒地，說故事的人為此一直覺得六四真悲壯。

電影是安哲羅普洛斯的 *Eternity and a Day*，電影中心重播，看第三遍終算有點得着。

自己最深的印象，是一次回家的校巴旅程。排隊上長長的校巴時，保母一邊半抓半推，一邊吩咐着「前」或者「後」，三個人的長椅就前前後後梅花間竹坐了五個全程背着書包的小朋友，排排如是。幸好一直沒車禍，否則死傷枕藉。

自己最深的印象，是那個四處收購生字的詩人。初次看時半睡半醒，誤以為那是拜倫，所以一直不明白。後來知道，那原來是個叫 Dionysios Solomos 的著名希臘詩人，從意大利回國，希望幫助希臘從奧圖曼帝國獨立，倚仗的正是自己忘掉了的母語希臘文，所以正努力逐字逐字從本地人處付錢學回來，用文字和詩，思考與反抗。

玻璃窗偏藍，一個好像是六年級好像比較懂事的大哥哥，從褲袋取出紙巾，在顛簸又被擠壓着的大腿上攤平，打算在上面寫字。

詩人最重要的作品叫"The Hymn to Liberty"，但那首題目矛盾的詩歌"The Free Besieged"，最終卻未能完成，故此百幾年後的戲中主角亞歷山大，才希望能在生命的盡頭完成此未竟之業。但據說，一首詩沒有完成的時候，只有放棄的時候。

來回畫了很多筆令文字變粗，三個中文字，兩個英文字，彷彿是直接打開頭顱寫在我腦海的——紅衛兵GET OUT——我知道紅衛兵不是紅豆冰，小時候比較蠢鈍所以"get out"未懂，但問了大哥哥之後就一世記住。長大後，間歇就會想這個快要是中年的人當天為何會聯想到紅衛兵去。他想着的真是六四？

努力完成還是放棄？亞歷山大靠的是途上遇見的一個難民小童。在長街上，他眼見小童受到警察追捕，動了惻隱之心將之救上車上，結果二人成了年齡、語言和背景大異的同路人，哪怕只是一天。輾轉之間，四處搜集希臘生字的成了小童，然後他們又在途上遇見在蹓躂的 Dionysios Solomos。

大哥哥把紙巾按在窗上，寫字的一面向出，希望碰巧停下的車輛裏頭的人會看到，雖然不過是幾個簡單的生字。

小童前後總共拿回來了三組生字："Flower"。"Stranger"。實驗吸引，幾個小朋友靜候。校巴終於停下。真的，我分明看見坐在對面車的成年男人，那一瞬間如何被突如其來的文字吸引。凝望。微笑。

"It's late in the night"。

《字花》　二〇〇九年六月／第十九期

按：為該期專題「走，走到一九八九」寫的。

一事能狂便少年

早前寫希臘導演安哲羅普洛斯的《尤利西斯的凝望》（*Ulysses' Gaze*），竟半句未提他的電影配樂卡連德（Eleni Karaindrou）。自從《賽瑟島之旅》（*Voyage to Cythera*），卡連德就一直負責安哲羅普洛斯的電影配樂，成了他電影裏不可分割的部分，其中《一生何求》（*Eternity and a Day*）的音樂尤其動人。據說其時卡連德喪父不久，音樂本來比較傷感，安哲羅普洛斯聽了覺得太悲，才成了現在的版本。但於我而言，看電影時聽過最深刻的音樂，還是德國導演荷索（Werner Herzog）一九八二年的*Fitzcarraldo*，中文譯作《陸上行舟》。

我說的不是樂隊Popol Vuh的電影配樂，而是恍如是這電影靈魂的意大利歌劇家卡魯索（Enrico Caruso）。有了他，才有探險家Fitzgerald的異想天開。戲中說，由於秘魯人讀不到Fitzgerald，所以這個總是白衫白褲白頭髮的白人的名字就成了Fitzcarraldo，尾音猶如傳說中的黃金國El dorado——荷索一九七二年的《天譴》（*Aguirre: The Wrath of God*）主角苦苦追尋的無何有之鄉。兩片雖然相隔十載，背景也相差幾百年，但主角仍然是荷索好友、論癲狂無出其右的金斯基（Klaus Kinski）。今次仍然在亞馬遜河流域上下求索，不過追尋的變成了橡膠與音樂。

電影的中文譯名頗妙，本來可以是弗斯卡拉度或愚公移山之類，偏偏譯了做「陸上行舟」。那緣木求魚的張狂，便是對電影最寫實的歸納。況且陸上行舟，更是影片首尾兩段水上行舟之間最重要的轉折，而三段旅程所追尋的，仍然是卡魯索（Caruso）的音樂。

《陸上行舟》是那種就算先知道內容也絲毫無損觀賞價值的電影。因為當中的想像、畫面和音樂都實在太離譜了。醉心歌劇的 Fitzcarraldo，一心希望賺大錢為自己在秘魯蓋個歌劇院。為使輪船去得到它應該去到的地方，以賺到他應該賺到的金錢，他輾轉召集了一大堆土著，指揮他們砍走一整座山的樹木，還把土地略略削平，使土著能把輪船從山的一面拖到另一面去。用主角自己的話說，那不至於太難，就只像一頭牛要跳過月亮罷了。這還不止，因為導演正是不喜歡模型或電腦加工的荷索，輪船真是一艘三百幾噸的輪船，主角還要是 Klaus Kinski。一人慾望肆虐，千人百般艱辛，Caruso 的音樂卻一直縈迴，揮之不去。

既與《天譴》一樣與南美的殖民史有關，《陸上行舟》在「文明」與「原始」的相遇，自然多見心思。其中一幕，Fitzcarraldo 為了慰勞土著，送了一大塊冰給其首領。首領見了茫然，嗅了一嗅那塊冰，便把它高舉，忙碌中的手下見狀一下都愣住了。那把冰嗅嗅的舉動，令我想起《天譴》中那個因把《聖經》放到耳邊聽聽而給傳教士殺死的土著。船員那句「他們的語言裏沒有冰這個字」，又令我想起與南美歷史有關的《百年孤寂》（*One Hundred Years of Solitude*）。書中那些關於初次看見和觸摸冰塊的場面，讀後難忘，一直記得老人把冰稱為世上最大的鑽石。

戲中那留聲機就更富象徵意義了。我想起梁文道在《噪音太多》那篇〈主人的聲音〉，講的就是影音複製跟殖民的關係。*His Master's Voice* 是老牌唱片公司 RCA Victor 的一張宣傳畫，一隻小狗把頭探進老式留聲機的喇叭，傻傻地側耳傾聽。後來各地土著，便不時給類比為這無知的狗，成為殖民者要將文明推向世界的口實。這也遙遙呼應了 Fitzcarraldo 在片中的自詡："But this God doesn't come with cannons. He comes with the voice of Caruso."

在《陸上行舟》中，Caruso 的音樂，往往因其出現的時空之獨特而富有詩意，一出來就改變了場景的氣氛。例如在一整個山頭給剷去之後，白輪船步履蹣跚打算攀過去的同時，黑煙剛好從煙囪升起，音樂也就在此時從船頭的留聲機緩緩奏出，配合巧妙。又例如，後來輪船給捲進漩渦撞向崖壁時，留聲機也自動奏起音樂，往後的碰撞竟就好像因此優雅起來，雖然船上的幾名演員據説都因這場戲而受傷。

看《陸上行舟》時不禁設想，當時進場看電影的其他導演究竟多麼驚慌。那實在不是個能力的問題，而是個想像的問題，是個你容許自己想像甚麼的問題。想像之餘還能付諸行動，可見荷索就是 Klaus Kinski 就是 Fitzcarraldo，都是進取的狂者。後來知道此 Fitzgerald 原來真有其人，這三而為一的感覺就更強烈。

音樂之於 Fitzcarraldo，正如電影之於荷索。荷索拍《天譴》時用的攝影機是從學校偷來的，他如是解釋：「那攝影機於我實在是必須的。我想拍電影，需要攝影機；我有一種天賦的權利擁有這工具。你需要空氣才能呼吸，假使你給鎖在房間，你也必然會用鎚仔和鑿子把牆敲碎。這絕對是你的權利。」一事能狂便少年。不難想像，今年六十七歲的荷索，何以會打破紀錄，一年同時有兩部作品角逐威尼斯影展的金獅獎了。這絕對是他的權利。

《信報》　二〇〇九年十月二十三日

按：文章刊出時，題目給改做〈「文明」與「原始」相遇——荷索的陸上行舟〉。

阿巴斯的一五一十

上回寫荷索的《陸上行舟》，看見出來的題目，覺得可惜。因為原本用了王國維的詩句「一事能狂便少年」，借來形容荷索就最貼切。由是想到，今次一定要訂個無法改動的題目。所謂一五一十，不是因為我對伊朗導演阿巴斯（Abbas Kiarostami）瞭如指掌，不過是他的確拍過兩套電影，一套《五》，一套《十》。

《十》（*Ten*）是阿巴斯二〇〇二年的作品，將鏡頭放好在一輛私家車內，然後便順着車程，拍攝駕車的女人與車內輪流出現的人的對話，剛好十段。戲中人都非職業演員，說的不少是自己故事，因為阿巴斯這個 director 說過，他喜歡 “directed by actors”。譬如第一段就很好看，因為給困在車內的小男孩，真是女人的兒子。非常躁動不安的兒子沿路一直跟母親爭吵，嫌她嘮叨嫌她自私，也不滿父母離異，一直是發怒發怒發怒。但你言我語間，卻總是機鋒處處，難忘女人對兒子說：「你是我的孩子，但你不屬於我；你屬於這世界。」也難忘結果憤怒到逃出車廂的兒子說：「我從沒見過這樣蠢的人。」私家車一邊在德黑蘭的大街小巷穿插，如倒後鏡的鏡頭，一邊映照女人的生活與感情。

就是這樣，一部私家車，幾個人，十段對話，就成了一部電影。一年之後，為向小津安二郎致意，阿巴斯拍了五個與海有關的長鏡頭，電影就叫做《五》（*Five*）。我覺得其中兩段特別好看。第一段是水中月，鏡頭只影着月亮的倒影在水中嬗變，直到侵晨。雖然後來知道，那其實不是一鏡直落，但鏡頭就像失眠的貓頭鷹，對着月影一面凝視，一面沉思，此刻水中倒影所見的一抹雲，原來就是下一刻看不到月亮的原因。影像以外，有蟬鳴，有狗吠，也有蛙聲一片。所以阿巴斯不能不是個詩人。他的詩集名為《隨風而行》（*Walking with the Wind*），作品簡短靈動，例如這一首：「多仁慈啊／烏龜看不見／小鳥不費力地飛翔」（How merciful / that the turtle doesn't see / the little bird's effortless flight）。

第二段是海邊的枯木，也很令人好奇。因為開始拍攝時，導演明明不知道本在岸邊的枯木最終會給海浪捲走，繼而在海上飄蕩，最後分成兩截。他卻好像早知道事情會如此發生，自自然然就成了故事。而那水中飄浮，也令我想起《風再起時》（*The Wind Will Carry Us*）那骨頭隨流水飄去的結尾。

《風再起時》講一個城市男人，走進村落等待一位婦人的死亡，以拍攝那獨特的祭祀儀式，自己也能及早完成工作。但看的時候覺得真特別，因為導演彷彿不急於說故事，而是讓故事隨風而行，徐徐開展。所謂詩意，更不單在電影裏頭詩句的援引，因為電影本身就像詩。例如那些車在山上蜿蜒的畫面，有時碰巧風吹草動，黃沙輕飄，有別於一般的空鏡，大概因為裏頭總是蘊含着觀察與感情，如同荷索拍攝的那些亞馬遜河流域的上空，同樣百看不厭。

個人偏愛，我覺得《風再起時》比起為阿巴斯贏得康城金棕櫚獎、也關乎中年男人與死亡的《櫻桃的滋味》（*Taste of Cherry*）還要好。男主角要做的事從自殺成了等待死亡，中間卻因在村落的生活經歷而有啟悟，每次趕上山頂聽電話都有轉化，從拾骸骨、遇女子、玩弄龜、觀察蟲到救工人，對生命之態度慢慢改變，離開時已是另一個人了。何況《風再起時》除了男主角，還有那令人印象深刻、老是嚷着明天要考試的小男孩。

阿巴斯擅於拍攝小朋友。他的首部電影《麵包與小巷》（*Bread and Alley*）就是關於一個拿着麵包回家的小孩，和途上遇見的一隻好像不太友善的狗。簡潔是種美德，而且導演還要在這短短十幾分鐘內拍出了小朋友廁身世界的一點陌生。他的另一套短片《一個問題兩種解決辦法》（*Two Solutions for One Problem*）也很有趣。一個小孩的書本給另一小孩撕破了，結果分別出現了兩種解決辦法，一是以暴易暴，互相撕毀對方更多東西，一是體諒和補救。誰知道幾多小朋友會因為看過這些影像，結果在這乖戾的世界變得比較平和？看這短片時有種小時候看圖書的感覺，那恍似二維的世界，比較安靜，而且任何細節都重要，因為都可給引申成故事裏的故事。這也令我想起《何處是我朋友的家》（*Where is the Friend's Home?*）裏頭，那個為怕同學受罰，無論如何一定要在翌日上學前把功課簿交還同學的小孩。導演總能如此準確地呈現這種只屬於小朋友的專一。

世界走得愈來愈快，物件愈來愈多，事情愈來愈複雜。阿巴斯卻選擇以電影為媒介，思考如何減慢和減省。他在《給康城的情書》中的三分鐘與《雪馨》（*Shirin*）是近例，《五》和《十》更是上佳的示範。

《信報》　二〇〇九年十一月二十日

藝術家的責任

上回寫阿巴斯的《五》和《十》，提到這個伊朗導演不斷思考如何減少減慢。藝術有時是如繪畫的增多，有時卻是減少，例如雕刻。將這增多與減少、繪畫與雕刻對舉，因為他們與俄羅斯導演塔可夫斯基（Andrei Tarkovsky），以及他於一九六六年拍成的《魯布烈夫》（*Andrei Rublev*）尤其相關。

悵望千秋，生平只拍了七部長片的塔可夫斯基，以魯布烈夫這個十五世紀的俄國畫家為題，所為何事？蕭條異代，前者為電影創作而流落異鄉，後者卻因種種困阨而四顧茫然。碰巧，二人的名字都是Andrei。人與人、物與物之間的聯繫，有時就是如此幽渺，何況塔可夫斯基還常強調，他不是導演，是詩人；揭隱發微，截彎取直。

饒是如此，他才會在其電影筆記《雕刻時光》（*Sculpting in Time*）如是說：「我對劇情的發展與事件的扣連不感興趣，他們於我的電影裏面也愈來愈不重要。我有興趣的一直是人物的內在世界。對我來說，最自然的莫過於走進可以揭示主角人生觀的心理活動，以及構成他的精神世界那些文學與文化傳統。」順帶一提，陳麗貴與李泳泉的中譯本把此段的"attitude to life"譯做「生活態度」、"spiritual world"譯做「心靈世界」，似乎都未夠準確。這裏分別譯了做人生觀與精神世界，因為二者都是塔可夫斯基電影的關鍵，不能輕輕帶過。

相對而言，《魯布烈夫》算是他七部電影裏頭故事線較為明確的一部。電影展示了不同的藝術家，如何在動盪的時勢中取捨抉擇。有人沉深好書，有人爭名逐利，魯布烈夫不過是這許多藝術家之一：由最初的躍躍欲試，到中段的懷疑與徬徨，繼而失落退卻，最終卻因旁觀男童為教堂鑄鐘之過程而得啟悟，成就不朽的畫作。臨尾的對白，全因先前的半生經歷而別有意味，竟是愈簡明而愈深刻：「你鑄鐘，我畫畫」。

在這用捨行藏的探索以外，《魯布烈夫》之所以好看，正正在於「眼前所見」。導演在《雕刻時光》反覆申明，他不怎樣喜歡象徵，也別問他電影中的常出現的馬和雨代表甚麼。電影之美，有時不在背後意義；相反，恰恰就在目前。他在〈烙印時光〉一章舉了黑澤明的《七武士》為例：武士的盔甲不及大腿，都因雨中的戰鬥而沾滿泥濘。突然一人倒下、死亡，眼前所見，是他腳上的泥濘漸漸給雨水沖走，然後慢慢露出一片大理石般的雪白。這就是畫面了，不涉象徵，好看。

《魯布烈夫》開首不久關於徘優的幾個畫面，就尤其令人眼前一亮。主角與兩同伴從修道院離開，途上遇雨，狼狽走進一農村的穀倉暫避。俳優正與村民互尋開心，順道嘲弄一下權力獨大的教會，對剛進來的這三個僧侶不很友善。倦極無聊，大家坐着無話，唯有三人之一的基維爾在小氣窗前，語帶鄙夷地說：「上帝派來了神父，魔鬼則派來俳優。」之後，鏡頭就緩緩原地轉了一圈，一個接一個掃過村民的面容，都各安其分，然後又回到小氣窗前，一鏡直落，但此時基維爾已經不在。魯布烈夫從氣窗望出去，似有人在互通消息。

轉瞬間，士兵闖進，欲拿俳優。他站起的一刻，竟有陽光從屋頂滲進，剛好打在他身上。畫面本身，好像已在回應消失了的基維爾剛才那種輕蔑。這幾個鏡頭，反覆重看，還是覺得匠心獨運，好看得不得了。過了一會，三人離去，先後在前景走過，幾個士兵卻領着給打暈了的俳優在一河之隔的遠景離開。十年之後再相遇時，俳優、魯布烈夫與基維爾，都各已經歷了只有自己知道的辛酸，足證人生實難。

魯布烈夫遇到的一大困惑，正是「藝術家的責任」。受僱為教堂繪畫壁畫，題目是「最後的審判」，他遲疑良久，不想這樣運用繪畫的天才嚇唬平民，不想增添藝術成了增添苦痛。藝術是甚麼？他不斷思考。一度全然放棄，拒絕再畫，最終因看見男童造鐘的幽渺神秘才靈光一閃，重新上路。

「藝術家的責任」其實是《雕刻時光》的其中一章，沉重認真，只因責無旁貸。書題所以叫做《雕刻時光》，因為塔可夫斯基覺得電影到底是種時間的藝術。我不想簡化他用了一本書來討論的內容，但必須強調，這時間牽涉道德考量與真理探尋。人的一生，於他而言，就是那人能用來明白人的存在的時間總和。電影導演則以時間和生命為素材，運斤成風，減去多餘的，就成了作品。而導演的責任，就在幫助觀眾感受時間，以及讓他們尋回失落的時間，結果是為了使人生活得更好，為人服務。

想深一層，一九六六年，不就是我們開始有組織地摧毀自己的歷史、文化、藝術和人命的一年？陰差陽錯，受了同一套思想影響的他方，那年卻有這麼一個藝術家，在審查與困難之中，為自己的歷史文化與藝術傳統正本清源，用兩個 Andrei 的生命，思考取捨抉擇、人生觀與精神世界的意義。再想深一層，雖然這種種意義在香港常常被人忘卻，但連日見人因為反高鐵的社會公義奔走勞碌，就覺得感動。我們應當如何取捨抉擇？今天下午，立法會見。

《信報》 二〇〇九年十二月十八日

按：同日，反高鐵團體發起「一二一八請假包圍立法會」行動，號召市民在會議期間到立法會門外聚集。文章刊出時，最後的「今天下午，立法會見」八字不見了。

英瑪褒曼對鏡猜謎

上回寫塔可夫斯基的《魯布烈夫》，提到他的電影筆記《雕刻時光》。他在書中雖然提及多位自己欣賞的導演，但最能惺惺相惜的，始終是瑞典導演英瑪褒曼（Ingmar Bergman）。塔可夫斯基臨終拍攝《犧牲》時用的攝影師 Sven Nykvist 既是褒曼的老拍檔，拍攝地方更在瑞典東南。褒曼後來在訪問憶述，其時本來想過前往探訪，車程不過二十分鐘，但掙扎過後並未起行。結果二人終身不曾見面，只以電影來互通消息。

褒曼說他看《魯布烈夫》時雖然沒有字幕，卻一看難忘，印象極深。那麼，他那時一定不知道魯布烈夫有一整段獨白，其實出自《聖經》〈哥林多前書〉。當中“Through a glass darkly”一句，更是褒曼於一九六一年完成的作品名稱，中文譯名則似乎《對鏡猜謎》比《猶在鏡中》貼切，大陸的譯名《穿過黑暗的玻璃》就無謂多說了。

不知塔可夫斯基這參照屬有心無意，可能這也是一種對鏡猜謎。不過可以肯定，兩位導演懷抱相近，關心的幾乎就是最永恆的問題，例如生死與信仰，家庭和愛。這都與《對鏡猜謎》有關。主題雖然深廣，但電影拍來卻出奇簡單：一個海灘，四個演員。一間小屋，半艘破船。舉重若輕，這樣就開展了褒曼的「沉默三部曲」。

女主角卡蓮患有精神病，聽覺特佳，一開始已不時聽見雜音。故事就在卡蓮、她的小說家父親、看來持重的丈夫、步入成年的弟弟四人之間發展，全在一天之內完成。電影開始時，有水中倒影如鏡，所以我們看見了天空。莫非天國就在人間？何況褒曼的父親雖是虔誠牧師，他自己卻八歲已不信神，長大後仿佛就依靠電影和戲劇來思考出路。

電影由表面的和平開始，四人並排從海上歸來。然後步步進深，及於四人各自的關懷，也及於他們之間的張力，所以褒曼將《對鏡猜謎》類比為室內樂；如同一場弦樂四重奏，有高低起伏，也有節奏。我倒無端想起小時候的一道益智題目：一對父母帶同一子一女，需要划船到達河之彼岸。小艇一次只能容下二人，只有父母懂得划艇，但父親打女，母親打子，所以都不能單獨相處。問這古怪的家庭將要如何安排才能舉家過岸。

正如鴻鴻一算詩的題目：並非所有相遇都是幸福的。在電影裏頭，不論是關係曖昧的姐弟，還是若即若離的父女，還是一直有點爭鋒的父婿，還是總不能好好溝通的父子，仿佛聚合就是不安。來回往復，對白精微，例如女婿斥責父親自私時說的：

"It's always about you and yours." 配合 Sven Nykvist 的鏡頭運用，小屋空洞，天空蒼茫，種種面容的特寫尤其準確。直到雜音愈來愈大，卡蓮深信上帝一定就藏在閣樓。

那一段真精彩。家人因卡蓮病發而致電醫院，正有救護車前來把她接走。眾人收拾之際，卡蓮突然又聽見聲音召喚，走到閣樓，凝視着密室的木門，覺得上帝要在裏頭走出來了。然後，我們竟然聽見像戰爭或螺旋槳的聲音愈來愈大。密室的木門就在那刻緩緩打開——究竟是甚麼？故弄玄虛，因為電影的由虛而實，兩個世界的互相穿插，真是無過於此了。回想起來，片初路上的鳥聲，真是卡蓮幻聽，還不過是弟弟一時沒有聽見？

看不清上帝，褒曼似乎便在猜種種關於如果的謎：如果沒有神，愛的源頭在哪裏？如果神是愛，如卡蓮一樣被愛包圍就是被神包圍？如果上帝默不作聲？到第三部曲《沉默》（*The Silence*），那沉默就更徹底了。所以《對鏡猜謎》結尾兒子的一句對白，更是語帶相關："Papa spoke to me." 忽爾想起塔可夫斯基遲二十五年才拍成的《犧牲》，同樣以兒子的對白作結，引用了〈約翰福音〉首句，對象仍然是爸爸："In the beginning was the Word. Why is that, Papa?" 這是心氣相通，還是繼續猜謎？

褒曼的電影開闔之大，有時幾近「偶開天眼覷紅塵」，好像總能把人事看透，一説就説中要害，冷靜卻不失同情。有幸曾在後來知道是褒曼的出生地烏普薩拉（Uppsala）生活一年，對他電影裏頭的這種蒼茫，算是多了一些體會。

他晚年拍攝原為壓卷之作的《芬尼與亞歷山大》時特意重返的烏普薩拉，土地異常平曠，入目常常一半是天，一半是地；衣食無憂，人人都用上一半的人工交稅；一半人結婚以後還是離婚收場，雖然這也是他們少有家庭暴力的原因之一；一半以上的時間算是秋冬，秋冬裏頭又有一半以上的時間天昏地暗，黑得很絕望，連帶在冬天自殺的人也特別多，包括《冬日之光》（*Winter Light*）裏頭那個語默無常的男人。三四時日落，五時全黑就自然煮飯，六時已經吃完，晚上因而無比漫長。綰合 Ingmar 和 Ingrid 兩個褒曼的《秋日奏鳴曲》（*Autumn Sonata*），尤能曲盡長夜隱含的種種焦慮，所有給病黃的日光抑壓下去的心事，一下都在夜裏傾盆而出。早晨再來，世界已不再一樣。

或因如此，褒曼才會常常沉醉於夢，觀眾才會沉醉於他的電影。對了，這就是他在自傳 *The Magic Lantern* 説的：“When film is not a document, it is dream.”

《信報》 二〇一〇年二月四日

宏大的承擔

昨夜看美國導演馬力克（Terrence Malick）的《生命樹》（*The Tree of Life*），行雲流水，用宇宙之大的規模看一屋之內的小事，以地球的漫長歷史印證男孩一瞬即逝的成長。不見得人事就渺小不重要，也不見得成長遇見的挫敗、沮喪與愧疚就可輕視。果真如此，馬力克也不用把電影拍出來了。

晚上回家已是深夜，但思緒七零八落，閃着許多畫面，譬如是父親過分龐大的手，手上過分顯眼的指環。是這隻手一直緊握着男孩的後頸，如那指環，亦如緊箍咒，苦苦把人牽制。所以父親遠行時，大家才回復成完整的人，小孩終於歡樂狂奔。那頸後的緊握，也像父親對他多次的拍打，溫柔同時暴力，似近還遠。我也想起了在電影裏好像連繫着純美的腳掌，然後又想起了男孩的眼神，恍惚，猶疑，倔強，結果卻成了長大後在大廈出神回望時的茫然。好些流麗宏闊的畫面，如大海，如火山，如風吹草動，也讓我想起德國導演荷索（Werner Herzog）的電影，像他鏡頭下科威特那些給縱火的油田，南極的冰塊底層的另一海洋世界，法國南部山洞內最早的人類壁畫。

上網找了幾篇影評，老牌影評人伊拔（Roger Ebert）的兩篇留在最後才看，因我推斷他的寫得最好，果然如此。雖然他對上一本著作還在教人如何老實用好電飯煲（*The Pot and How to Use It: The Mystery and Romance of the Rice Cooker*），但明年七十的他，另一身份，其實是首位拿得普立茲評論獎的影評人，評論至今不輟。他寫的文章叫〈生命樹下的禱告〉（"A Prayer Beneath the Tree of Life"），說《生命樹》像禱告，文章寫來亦像禱文。

電影背景設在五十年代，就是馬力克與伊拔的童年，噩耗總從電報而來，如同影片的開場。伊拔自言看《生命樹》時有種毛骨悚然的感覺，因馬力克看宇宙與人生的方法，竟與他若合符契：小時候，誰不會無端想起永恆和上帝等大問題？明明不知答案，我們卻會繼續追問。伊拔說，相對於宇宙這個上下四方與古往今來的結合，我們實在無法想像自己佔據的時和空之渺小，雖然我們總以為自己舉足輕重。所以有時能抽一抽身，調整一下比例，試圖明白自己在這宇宙的位置，也是件大好的事。

這位影評人由此而心生感慨：許多電影都在貶損我們，只顧刺激觀眾的感官，蔑視生命的價值。難得有如《生命樹》的電影讓我們還感受到生活經驗的奇妙，也就如同禱告，不為祈求甚麼，而在感恩；像站在海邊、立在樹下、聞到花香、愛一個人、做一件好事，在在把我們從無意義的生活規律中拉出來，感到自己的存在。

戲中那小鎮的場景，也讓伊拔憶起童年往事，然後每句均以"I know"開始，讀來實在動人：我認得樹上掛着鞦韆的大草坪，我認得在夏日長開的窗戶，我認得大門永不上鎖的家庭，我認得屋前的門廊和搖椅，我認得表面都因裏頭的冰紅茶和檸檬水而不斷流汗的鋁杯，我認得那些野餐桌，我認得五十年代的車，我認得擁有無限精力不斷跑來跑去的小孩，我認得看着家人吵架的感覺，在黃昏裏隱形一樣站在草坪聽見從窗口游出的字句，我認得看着家人互相指罵的恐懼，因為世界的根基因此動搖……

這"I know"很豐富，除了認得，也是明白。甚麼是藝術的感通？這就是了。《生命樹》的故事看似散亂，但因呈現眼前的是個如嬰孩腳掌一樣充滿紋理和細節的世界，所以就算沒有馬力克和伊拔的生活經歷，我們心裏也會有這樣的"I know"，成長就是這樣的一回事。伊拔與馬力克投入了自己的生命去思考生命，倚仗的正是屬於自己的藝術媒界，前者是影像，後者是文字。那些玄妙的問題，如我們從何而來、世上為何有人不幸、為何總有把小孩頭髮燒焦的火災、為何有罪、為何人有欺善怕惡的特質、為何有那麼多東西我們不能明白，為何時間總是一去不返、為何情感表達總是如此困難等等，或許終無答案，但還有導演願意在人前思考這些問題，也是宏大的承擔，在這狹小輕浮的世界，尤其光芒四射。

說到宏大的承擔，不能不想起荷索。聽過他略帶德國口音的英語旁白，誰都忘不了他的聲線，沉雄自信，又不失幽默，總是帶着我們去思考更深刻的問題。看《生命樹》時想起荷索，除因個別的影像，還因電影與荷索的一貫關懷非常接近：人類究竟是些甚麼來的？何以走到現在這地步？人類在這世界又佔有怎樣的位置？

荷索在去年的《忘夢洞》（*Cave of Forgotten Dreams*），即走進了法國南部的山洞拍攝最早的人類壁畫。三萬年前的人類，為何要在山洞畫畫？他們發過怎樣的夢？後來從訪問得知，因為法國文化部長是荷索影迷，荷索才有機會走進平時並不開放的山洞。不是他用了半生來拍電影，他就成不了文化部長敬仰的導演，我們也就看不見那些壁畫了。在這意義下，電影都是為我們而拍的。我想起了荷索在拍攝《陸上行舟》時在日記寫的，見 *Conquest of the Useless* 在一九八一年二月十八日所記：「我現在三十八歲，已經歷了全部事情。我的工作給了我所有東西，我的工作拿走我所有東西。」這樣虔誠為一己的志業和夢委身，大概只因世界上有比自己更加重要的事情。

「那些人會發甚麼夢？」也是荷索往南極拍攝《在世界盡頭相遇》（*Encounters at*

the End of the World）時的問題。荷索並沒有歌頌人類在南極那些惡劣環境下的頑強生命力，也沒有把南極拍得像未被人類污染的世外桃源。他只是抽離地觀察人類在南極的生活痕跡，觀看大自然的現況，然後由此思考問題。記得數年前看這部極富詩意的紀錄片時，最感動的，除了一隻離群的企鵝，便是片末的一行字："For Roger Ebert." 對一個影評人來說，這三個字或許就是對他半生努力的最佳評價了。

為了"For Roger Ebert"幾字，與荷索同年出生、相識四十年的伊拔後來寫了封公開信給荷索。伊拔說，這信是寫給一位別具視野的電影導演的，因你不斷挑戰觀眾，要求他們問自己問題，除了戲內的問題，也問生命的問題；除了問關於自己生命的問題，也問關於你戲中人物生命的問題，也問關於你的生命的問題。

其時已得悉自己患癌的伊拔，在信末也提及戲中那隻正往另一方向踽踽獨行的企鵝。不是因為落後大隊而失群，這企鵝可能是精神錯亂，也可能是別有想法，總之，他就這樣獨個在雪地上蹣跚步往內陸，形同自殺。人類固然不可幫忙，但就算抱起了他，他也會堅持走回原先的方向，依舊走進內陸，迎接死亡。伊拔說，那企鵝快樂地步向終結的畫面，實在教人心碎，雖然他是如此肯定自己方向正確。「但朋友啊，現在我也開始如那企鵝走向歧途了。」（"But I have started to wander off like the penguin, my friend.”）信雖然不是寫給我的，但伊拔自感生命已到尾聲，這樣把自己扣連到那畫面，讀着還是不勝嘘唏。

我們平時都羞於問宏大的問題，社會環境也不鼓勵我們思考。所以每次發現有人肩負責任，如《生命樹》一樣讓大家不適應與好奇；如荷索的電影一樣以其壯美震懾心靈，感受世界之大，把人還原到他適當的位置；如伊拔一樣做好稱職的守門人，以評論認真思考和回應，促進交流，便總是如今天一樣，充滿感恩。

《明報》　二〇一一年七月十日

懷安哲羅普洛斯

人生天地間，忽如遠行客。初三早上，友人傳來電郵，沒有上下款，只得一句："Angelopoulos is dead." 看見固然覺得突然和可惜，但反應竟不算很大，因為即時有種遙遠的感覺：我不太認識他。

隔了兩天，感覺慢慢浮現。安哲羅普洛斯確曾讓我感受過美之為物，雖然過程絕不容易。二〇〇八年，Born Lo 仍在富德樓辦「平民班房」介紹電影大師，那時便在許多個疲累到不堪的晚上，從安哲羅普洛斯的首部電影《重構》（*Reconstruction*）開始逐套看下去，然後討論，宵夜，討論。最初看他的戲，可以專注看完的少，半睡半醒捱到盡頭的多。尤其是早期作品，就常如在夢裏看夢，有時是矇矓聽到電影裏有人支支吾吾，有時是一群人如羊一樣挨挨碰碰地步向某方，有時則是安靜到令人驚醒，雖然醒來又會發現劇情還在原處勾留，灰灰白白的幾個人還是繼續支吾。接着，便是一個磅礡而悲悽的畫面，如蝕刻一樣留在腦海。

真有悶到發慌的時候。如看三個半小時的《亞歷山大大帝》（*Alexander the*

Great），便因完全不了解背景而無法進入；電影原來與那位著名英雄無關，而是由一個十五世紀的希臘傳説引發開來。但捱到中途，算是略知導演的關懷，放下要即時明白的衝動，不把他歸納為悶藝或造作，也不歸罪於自己的麻木或水平太低，邊猜想邊感受，慢慢也多了觸動的時候，如看見《養蜂人》（*The Beekeeper*）裏，馬斯道安里一個一個把蜂窩打翻；如《霧中風景》（*Landscape in the Mist*）眾人呆立看着天空突然下雪，亦如《一生何求》（*Eternity and a Day*）的許多離離合合，都令人無語深思。

何況美感本身是有力量的。雖不明白為甚麼一個鏡頭要那麼長，為甚麼裏頭的人説話又少又不明白，為甚麼常有人在中間唱歌玩音樂，為甚麼前後如此跳躍不連貫，但世事很奇怪，問號有時精神一振就會變成感嘆號，好奇的 wonder 便成了驚嘆的 wonder。英文字典這樣解釋 wonder 一字：“a feeling of strangeness, surprise, etc. usu. combined with admiration, that is produced by something unusually fine or beautiful, or by something unexpected or new to one’s experience.” 如黑壓壓一群手持蠟燭的人，跟黑壓壓一群打傘的人，夜裏在長街相會的場面調度；或長鏡頭由屋內一直推至海邊，潔白的人在平排歌舞；年老的珍摩露拐上樓梯，在戲院跟已過身的馬斯道安里説話之剪接；都以最精準的電影語言，喚起讚嘆。

但原初的好奇卻沒消失。所以導演一直關懷的希臘歷史、政治與生活狀況，還是會引發追查與討論。回頭再看電影，便多一點頭緒：對白又少又不清楚，或是要避開審查；用長鏡頭除了希望捕捉真實時間，也因畫面要求觀眾有足夠的時間去看和感受；音樂的間場，或是借另一種表達來填補語言的蒼白。但這都只是猜想，把電影再看一遍，美感與好奇還是互相結合。再看一遍，又總有先前沒發現的蛛絲馬跡。豐富的作品能引發多層次閱讀，就是這個意思。

美很抽象，重要的藝術家正以自己的觸角，為美留下個例，並展示其寬廣的可能面貌。他不一定追求風格，但不懈的探尋或會逼使他摸索出獨一無二的表達形式，背後往往隱含他的世界觀和人生觀，布烈遜是布烈遜，費里尼是費里尼，安哲羅普洛斯是安哲羅普洛斯，如此不同，觀眾卻一一在螢幕認出：「看，多美。」

兩年前，電影節辦了個安哲羅普洛斯回顧展，他本來應邀訪港。那時《明報》世紀版竟找了我去做群訪。從未做過訪問，坦白說對他電影的理解也很皮毛，部分更是覺得艱難而全無把握。但既然衝動答應了，幾天裏只好努力溫習，可惜最終只想到首個問題，既是我們打招呼的習慣，也與《賽瑟島之旅》有關：「你吃過飯沒有？」拉遠一點，他電影裏的許多角色，其實都如尤利西斯，總在遠行趕路，有人離家追尋，有人急切歸家，風塵僕僕，都無暇安然吃飯。

後來他因病沒有來港，我與他便緣慳一面。因此事過於不可思議，事後只敢告知幾個熟朋友。一人聞言笑說，或者他是知道訪問者太差勁而裝病不來的。可能是吧，但也因此我才沒有暴露自己的無知。人生天地間，忽如遠行客，或許離去才是回家。末了只想起古人在分別時說的：努力加餐飯。

未刊稿，二〇一二年一月

按：年初四收到編輯黎佩芬電郵，問會否為安哲羅普洛斯寫篇悼文。沒把握，遲疑了兩天，結果寫好時版面已滿，故未刊出。

無聲的不一定是默片

無聲的不一定是默片，默片的精髓不在無聲。

要是某天走進戲院看戲，音響剛好壞了，我們大概不會以為自己在看默片，而是會鼓譟和退票。況且，默片通常都有音樂伴奏。總之，無聲並非關鍵。重要的，是電影有否錘煉影像語言，在技巧與美學上探尋最恰切的表達方法，思考這語言的可能與極限。這就是我看《星光夢裏人》（*The Artist*）的最大感想。

電影的着眼與六十年前的《萬花嬉春》（*Singin' in the Rain*）相類，一九二七年有聲電影來了，默片怎辦？中文譯名《星光夢裏人》顯然從押韻的《星光伴我心》轉化而來，大概想靠名稱喚起關於電影工業的哀樂。最初多少因為原來的片名 *The Artist* 而心生期盼，結果也特別失望，因為裏頭沒有藝術家的赤誠，卻有不少安全計算，就連片中末段那菲林的火海亦不灼熱；暢順但不深刻，太理所當然而不感人。

但最大的問題還不在故事，而在畫面。既然是一部關於默片的默片，自然要在鏡頭、構圖、光影、剪接上多加用心，最少應嘗試由此建立美學，以精準的默片語言回應傳統。《星光夢裏人》的鏡頭運動太多，畫面不是沒有技巧，但整體卻太平順，欠了膽識與視野，在形式上談不上傳承或反省。猶如一篇論駢文傳統的駢文，平仄雖然諧協，卻一直是之乎者也，通篇沒有奪目的對仗。片中雖說默片演員不只擠眉弄眼，演起來卻不時擠眉弄眼；就連那隻裝死的狗也略失刻意，不如德國導演繆魯（F. W. Murnau）在《日出》（*Sunrise*）裏頭，那隻喝醉之後四腳乏力的豬，一滑就滑在地上，可愛自然。

一九二七年，一方面出現了首套有聲電影，另方面也有兩部經典默片誕生：均是德國導演作品，一部是繆魯的《日出》，一部是佛列茲朗（Fritz Lang）的《大都會》（*Metropolis*）。德國表現主義（German Expressionism）原見於繪畫，至繆魯及佛列茲朗等人，則大量應用到電影當中，畫面鮮明強烈。《日出》裏大膽運用重疊影像，透視及明暗對比都極出色；《大都會》寫未來世界，便屢以獨特的場景與構圖，一一把想像化為影像，實現於觀眾目前。

一年之後，一九二八，丹麥導演德萊葉（Carl Dreyer）拍成《聖女貞德》（*The Passion of Joan of Arc*），把面容特寫推上美學高峰。在明淨的背景前，對照審判者居高臨下的壓迫，貞德總是把頭微微仰望，既因受審卑微，也像是以禱告之姿，跨越教廷而直通天國。在鏡頭底下，聖人原來也是血肉之軀，會害怕，會迷惘，會流淚。其中一個空鏡，是打在地上的窗框倒影，中間部分形如十架——是刑具也是救贖，貞德面上乃有一瞬的破涕為笑，面容力量動人。

再一年之後的一九二九，美國經濟大蕭條，《星光夢裏人》的主角潦倒失意。但就在這年，又有兩部重要的默片面世，一部是蘇聯導演維托夫（Dziga Vertov）的《持攝影機的人》（*Man with a Movie Camera*），自由瑰麗：一個持攝影機的人站在比他大百倍的攝影機上的畫面，便一看難忘。另一部是西班牙導演布紐爾（Luis Buñuel）的《安德魯的犬》（*Un Chien Andalou*）：割眼，螞蟻從掌心爬出，馬匹伏屍鋼琴之上。單從據說布紐爾進戲院前先把石頭放在褲袋，準備在受襲時還擊，已可推斷這部短片在影像與意識上的震撼。

簡單回溯了幾部默片，發現話也可反過來說：有聲的不一定就不是默片，默片的精髓不在無聲。法國導演高達一九六二年的《她的一生》（*Vivre sa vie*）雖然有聲，但娜娜在戲院看戲的一段，便正以默片的語言說話。娜娜在看的，正是德萊葉的《聖女貞德》。一人將為聖女，一人會做妓女，二人都在不同的時空受審，卻因畫面產生感通，靠特寫連接，貞德流淚，娜娜流淚。原屬貞德那寫着「死亡」的字卡，更因剪接而扣連到娜娜身上，預示她的死亡。

西海有高人，東海有高人，同理同心。日本導演小津安二郎一九四九年的《晚春》亦非默片，但紀子與父親去看能劇一段，便不落言筌。能劇同樣沒有對白，演員還因戴了面具而沒有表情，只以動作表達。因為不想拋低父親，紀子正掙扎應否出嫁。在劇場，她卻瞥見或將續弦的父親，看劇中途跟一婦人微笑示好。父親繼續專注看戲，紀子則緩緩把頭左望，看看婦人，低頭良久，又把頭右望，看看父親。鏡頭推近一點，慢慢再來一遍，左望婦人，低頭，右望父親。小津沒如德萊葉與高達以特寫交代，卻為配合能劇一般，以紀子整個人的身體語言來表達，當中的羞憤與悵惘，在這壓抑的處境和文化底下，尤勝千言萬語。

最後當然要提差利卓別靈。有時詼諧幽默，有時真摯感人，在有聲電影出現之後，還一直拍攝默片，一九三六年的《摩登時代》（*Modern Times*）便是經典：差利手持士巴拿上螺絲帽，卻因不及輸送帶快捷，給扯進大齒輪中，還不忘扭兩下螺絲，以樂寫悲，盡在不言中。到一九四〇年的《大獨裁者》（*The Great Dictator*）才是他的首部有聲電影。開聲不是沒原因的，二戰開始，烽火處處，看過差利在片末對住鏡頭那關懷人類處境的演說，自會明白，默片實在有他做不到的事、說不到的話。這正是一個藝術家面對身處的時代，在藝術形式上的抉擇取捨。簡言之，拍電影的不一定是藝術家，那怕他贏了再多獎項。

《明報》二〇一二年三月四日

壯哉！潘納希之藝術生命

看電影節的節目這幾年，從未在劇終鼓掌。總覺得那是錯配的回應，台上既然無人出來謝幕，心裏再感動，都應找更沉潛曲折的方式致意。唯獨昨天，看伊朗導演潘納希（Jafar Panahi）的 *This Is Not a Film*，完場時，竟忍不住大力鼓掌，以此抒發個多小時苦樂相迫而成的焦躁，以此伴隨片末工作人員名單那一串串的省略號，當然也以此向潘納希致敬；我相信他是會聽見的。這不是電影。這何止是電影。

早前跟一些電影學院的學生討論奧威爾（George Orwell）的散文“Why I Write”，談到創作，一人突然說，有時候壓力真大，因為最後若拍得不好，會覺得慚愧。慚愧，多麼可敬的情感。尤其當看見有人如潘納希一樣，在巨大的不義與限制底下，還能突破恐懼與重重困難，捨此無他，為的就是創作。那志氣，單是看都看得人慚愧。

《這不是電影》是部怎樣的電影？借用潘納希在戲中的話：“If we could tell a film, then why make a film?”但文章還是得寫下去的，只希望更多人有朝一日能親眼看看，感受一下在當下這個以故弄玄虛為尚的藝術環境裏頭，具重量的藝術生命是如何一回事。回到起點，潘納希似乎是在回答三個最根本的問題：What、How、Why。

二〇一〇年，潘納希因新戲得罪伊朗政府，罪名是聚眾圖謀危害國家安全，以及製作反伊朗共和國的政治宣傳。懲罰之狠毒，猶如希臘神話。除了判囚六年，政府還限制他二十年內不可再拍電影、寫劇本和接受任何訪問——蘇東坡不可寫詩，巴赫不可作曲，梵高不可畫畫。軟禁在家等待上訴裁決期間，當然，潘納希又拿出手提電話拍攝生活，還靜靜找了導演朋友米塔瑪斯博（Mojtaba Mirtahmasb）到他家拍攝，最後把成品放在電腦手指，藏在蛋糕偷運出境，幾經波折才能在海外播放。

能夠說這不是電影，多少預設了我們都知道何謂電影。這樣悶在家裏可拍些甚麼？潘納希試過擺定鏡頭，拍攝自己吃早餐、講電話，但過了沒多久，卻覺得這樣拍的都不真誠。他試過坐在梳化重看自己的舊作，討論劇中那些突破角色的演員，例如《鏡子》（*The Mirror*）中的小女孩在拍攝中途大發脾氣，脫戲服，走下車。他試過拿着新寫的劇本在客廳邊讀邊演，回到小朋友自己為自己做戲的模樣，在地氈貼膠紙，劃出四面牆、客廳、睡房；放下枕頭的地方是床，三條愈來愈短的膠紙是樓梯，凳背的洞就是窗，然後代入角色，躺下、徘徊、唸對白，在遊戲與想像之間，扮演一個被父母禁止讀大學的女孩。本來不錯，直到一刻突然停下，悲從中來，對住導演朋友憤然說："If we could tell a film, then why make a film?" 然後便擲下劇本，匆匆走回真正的房間，把自己隔絕在剛剛建立出來的想像世界之外。畢竟，化想像為影像，電影才成電影。我明白這為何不是電影，雖然潘納希也因此成了演員，跟劇本裏那不能實現夢想的女主角一樣，躲在自己的房間內惆悵獨悲。

正要替潘納希擔心，不知《這不是電影》可以如何拍下去，電影便已發展到另一階段，自然得如敞開一卷地氈，一旦展開，便不費力地滾動下去，直到全張打開，一幅仔細綿密的圖案便在地上朗現：鏡頭影住潘納希到露台歇息，拿出電話拍攝戶外地盤時也不忘美學考慮，以手由下而上自製升降鏡頭（crane shot），拍攝地盤環迴的吊臂；影住家中飼養那頭如狼狗般巨大的蜥蜴，無目的地四處爬行；影住潘納希上網時，發現許多網站都不能登入；影住他一邊看着日本海嘯的新聞，一邊嗟嘆；影住鄰居拍門，希望暫時寄存小狗，小狗入屋狂吠，嚇怕蜥蜴，潘納希趕緊找回主人交還小狗；影住他與米塔瑪斯博坐下互相拍攝，一以電話，一以專業攝影機，笑言兩個理髮師到了沒髮可剪，就會剪掉對方的頭髮；影住米塔瑪斯博離開時，留下攝影機，並以煙盒墊高鏡頭，讓潘納希可對着鏡頭自言自語。

最精彩的，當然是影住潘納希送米塔瑪斯博出門時，在電梯巧遇一個倒垃圾的年青男子。年青人對拍攝頗覺愕然，也介意自己衣衫不整便給攝錄，臉上的靦腆茫然非常吸引。然後，潘納希就提着攝影機走進電梯，跟他逐層而下，邊收垃圾邊談天：年青人原來是個大學生，頂替親友收垃圾，讀書時早習慣做不同工作幫補生計。到了二樓，我們又聽見狗吠，原來就是剛才的小狗主人。跳火節晚上，大家都急着出去看煙花，小狗主人懇切希望年青人可在收垃圾的同時照顧小狗，還說樓上的潘納希不願幫忙。原來，現實生活也有現實生活的首尾呼應，這就是生活的趣味。

要是潘納希看見年青人之後沒有要跟出去的敏感，年青人本身又沒這曲折豐富的生活經歷，那天碰巧不是跳火節、而總統又剛在電視宣佈不許再在跳火節放煙花，電影也就拍不成了。處境再困難，資源再缺乏，原來都可以拍電影的，潘納希正以實踐示範一遍。

奧威爾在〈我為何寫作〉列出常人寫作的四大動機：全然的自我中心、對美學的熱誠、歷史感的推動、政治目的。他自己的經歷，是由第一的自我中心，慢慢變成第四的政治目的。他對政治的理解很寬闊，所以才說「藝術應與政治無關的說法，本身就是一種政治取態」（The opinion that art should have nothing to do with politics is itself a political attitude）。那時奧威爾還未寫好《一九八四》，但已確信自己的使命就是要對抗不義，並把政治寫作變成藝術。

潘納希為何要拍這電影？顯然的答案似乎是奧威爾口中的政治目的，以此抵抗極權的壓迫。如電影所見，你不給我放煙花，煙花偏偏開遍半空。但細想起來，《這不是電影》也點出了奧威爾四因說之不足：原來世上有些人，生下來就只會做一件事，你不給他做，他就真的無事可為了——理髮師要是沒有同伴，也不會就此罷休。他會一手拿鏡，一手剪掉自己的頭髮。光頭了，就剪花剪草，然後剪掉一切可給剪斷的。如此，藝術家便不能再與他的藝術分割，二而一，變成堅韌的藝術生命。軟禁在家，便用電話拍電影；困在山洞，也必會點火投影在壁上做戲。創作的動力幾乎如命中注定一般埋藏體內，然後用盡方法爆發出來。

為何要拍電影？因為潘納希還有故事要說：他想知道《鏡子》的女孩能否回家，《赤色黃金》（*Crimson Gold*）的外賣速遞員買不買到金鏈，《越位女球迷》（*Offside*）的女子混進球場後可否看到球賽；因為他還有事情要記錄：一個人在強權面前的不屈，電影創作的艱難與可能，還有在漆黑如煙花綻放、如火光焚燒的藝術生命。

釋放潘納希！

《明報》 二〇一二年四月八日

兩部禁片

星期三機緣湊泊，同日看了兩部禁片。下午看的，是應亮的《我還有話要說》，關於二〇〇八年在上海因襲警案被判死刑的楊佳，電影的主角卻不是他，而是他媽媽王靜梅。電影今年完成，並在韓國全州電影節上映，因公安與國安近日的干涉，一時頗受注視。晚上看的，是婁燁的《頤和園》，二〇〇六年拍成，前段以一九八九年的北京作背景，探討主角個人愛慾的掙扎，「這一代的六四」舉辦的電影會選了來放映。雖然二者都是大陸導演的作品，均被禁播，但原先以為兩片全無關係。原來錯了，歷史仿佛自有生命力，枝節總在暗角交纏，攀援延伸，斷非人力所能禁制。

同日看這兩部禁片，有意思的正是，《頤和園》講的是在一個富有理想的時代，一個女子不理國家大事，只顧個人愛慾的故事。相反，《我還有話要說》說的則是在一個虛無荒謬的時代，一個母親追尋公義的過程。這兩個女性的故事有任何關連嗎？八九年的大學生，現在都是四十幾歲的中年人了。回溯歷史，啟示似乎在於，我們既不應輕視環境對人的影響，以為八九年時所有人都充滿理想，把歷史當作浪漫的神話；也要抗衡更主流那種對昔日理想的嘲笑，將之歸納為天真的夢囈，以為再講理想都是多餘，最重要只是當下的利益。否則，我們慢慢必然會對所有荒謬的事情都習以為常，直到荒謬徹底失效。

一九八九年，婁燁剛在北京電影學院畢業。《頤和園》的主角，正是在八十年代末期，從家鄉到了虛構的「北清大學」讀書的余虹。六四前後的政治氣候成了底色，反襯余虹對愛慾的追尋乃至沉溺。《頤和園》內的民主牆、學運、論政場面，全成了男女主角相聚與分離的背景。最接近六四的，也只是街上零星的火光與槍聲，而那也只限於聯想。這當然與內地的創作環境有關，忌諱只能以曲筆或暗場交代。雖然如此謹慎，電影拍成之後，中國廣電總局還是以畫面太暗為由，不發證明；婁燁卻拿了《頤和園》到康城參展，觸怒當局，電影結果被列為禁片，婁燁也被判五年內不准再拍電影。

論電影，《頤和園》的畫面富美感，電影前段描述大學生的宿舍生活、玩樂、愛恨，或因與導演的成長經歷有關，拍來神采飛揚，熱情澎湃。但電影的敗筆可算是音效。配樂太強太密，雖能反映余虹情感之動盪，但整體失於紊亂，騷擾了畫面，也破壞了節奏。余虹以畫外音的方法讀出日記，雖然方便交代內心起伏，但用得過多，又未免嘮嘮叨叨。電影後段追蹤戲中各人在六四後的出路，縱有花果飄零的況味，卻未能寫出立體的人生觀，李緹的自殺就更欠說服力了。

二〇〇八年，楊佳在上海因襲警罪被拘留，連帶他的母親王靜梅也像人間蒸發一般，被非法關在精神病院一百四十三日。雖然她希望幫助兒子，為案件提供更多資料，但中途卻知道了兒子被判死刑的消息，中間的法律程序更教人懷疑。事情自然引人關注，艾未未工作室便為此拍攝了紀錄片《一個孤獨的人》。應亮則選擇以劇情片切入，《我還有話要說》試圖重構王靜梅回家以後，得悉兒子判刑前後的生活，以及她面對龐大司法體制的無力。

論電影，電影拍來克制平靜，開頭一幕也好看：王靜梅從醫院拘禁回來，在家中伏案專心書寫。旁邊是個來回吹動的暖風扇。原來因為久未回家，家中連暖氣都壞了，另一人就在她低頭抄寫資料時，於鏡頭前來來回回，在電話裏嚷着叫人快來修理。由夏入冬，人去樓空，以暖氣的有無交代時間消逝，實在巧妙。但整體而言，部分長鏡頭拍攝的畫面，力量似未足夠。演員的演出有時略覺生硬，對白也寫得太規矩，少了實感。雖然是低成本的獨立製作，但我還是希望他能更真實，更具觸覺，影響一時一地以外更多的人。

說話爽朗風趣的應亮在映後討論說，在中國拍電影真難，因為作品總是追不上時代：電影拍出來之後，生活已比電影更糟糕了。何等準確，又何等悲慘。正如《我還有話要說》其中一幕，兩個穿着整齊的官員，向王靜梅與親友宣佈楊佳被判死刑的消息。大伙追問官員，何以當局能繞過程序，迅速判刑？兩個官員說，我們只負責通傳，其他都不知道。王靜梅說，但我還有話要說。官員說，你不正在說嗎？王靜梅重複，但我還有話要說，官員再說，你不正在說嗎？多像貝克特的戲劇。不知權力的源頭，便不知如何辯駁。荒謬的卻是，當局愈是着重「依法」，就愈是此地無銀，愈教人驚心。又多像卡夫卡的小說。

世事很微妙，在《我還有話要說》飾演王靜梅的演員，碰巧就是《頤和園》的製片人耐安。一九八九年，大家叫着爭取自由民主的口號。二〇一二年，國人爭取的，只不過是基本的公民權利，例如公平審訊，不被非法囚禁，自己被對付時家人不受牽連，像楊佳的媽媽，像應亮的親人。這兩種爭取，好像前者高遠而富理想，後者卑微又無可奈何。但難度他們真的沒關係嗎？

《頤和園》其中一幕，有幾個人在酒吧內討論政治。一女子說，重要的是保護工人、農民和知識份子。做那閒角的，正是關心中國民生狀況的崔衛平教授。由是想到，崔衛平有次訪問台灣學者錢永祥，文章的題目取自錢永祥一本著作，叫做〈在縱慾與虛無之上〉。六四前夕，看完《我還有話要說》與《頤和園》，再重讀這篇訪問，只覺別富深意。在此引錄錢永祥一段精到的話，以為本文作結：

理想雖然旨在否定和超越現實，但它生在現實世界、由氣血之人構思和推動，注定會受到現實的沾染與羈絆。換言之，在理論與實踐兩方面，我們都有必要認清，理想要靠你自己來經營與發展，要靠你來展示它的價值，而你是時時都有可能錯誤和失敗的。若是輕忽了這中間的艱巨考驗，認為理想主義不過是一件靠善意、信仰與獻身就可以完成的事業，那麼來得容易，去得也快，它往往會以虛無主義為結局。在拙作裏，受到韋伯的啟發，我寫過這樣一段話：「如果對於意義的渴求是一種慾望，縱慾指的便是對於意義的存在有太多幻覺、對於人類的作為創造意義的能力有太大的信心。相對於此，縱慾的亢奮高潮帶來的只是虛脫挫敗，幻覺與信心會在瞬間崩解，淪為對於一切價值的麻木心態。」在縱慾與虛無這兩極之間，我很盼望能守住一份對於理想的「切事的責任感」。我有義務澄清自己所相信的價值何以是理想的價值，也有義務不要令這些價值淪為虛榮的裝飾品。如果無法如此維護理想，就不如回頭過「平實的日子」，還能保留一絲尊嚴。

《明報》二〇一二年五月二十七日

浮城角落，千言萬語

宋人蔣捷説：「流光容易把人拋」。時間力大無窮，輕輕就能把人拋擲到百里之外。在穿梭的時間裏，人或遺忘或惦記。加了租價，拆了大廈，在香港，滄海桑田早由想像成了事實，在流動的空間之中，人或流徙或暫留。早前看了兩部香港電影，本以為南轅北轍，沒有牽連，結果發現又一次錯了。

第一部是許鞍華一九九九年拍成的《千言萬語》，在「這一代的六四」電影會重看。第二部是麥海珊今年的錄像作品《在浮城的角落唱首歌》。二人固然難以相提並論：許鞍華是傳統導演，長於敘事；麥海珊喜歡影像與聲音的試驗，連映後討論有人叫她導演，她也渾身不自在。取徑容或不同，但她們卻同樣以各自擅長的拍攝方法，記錄或重現不甘隨眾浮沉的人。麥海珊記錄當下，許鞍華重塑往昔，其實都在以影像抵抗時空的奔流，而兩片最終還在六四相遇。

我不算喜歡錄像作品，今次看完《在浮城的角落唱首歌》，雖也有不滿之處，卻少有的覺得骨肉勻稱。作品以訪問為主軸，圍繞三個獨立樂手及三個地方，麥海珊則在中間以旁白穿插。跟她上一部作品《唱盤上的單行道》比較，《在浮城的角落唱首歌》更加親切平白，學院的痕跡從拒人千里的書本引述，退隱成處理各對象時的不同方式。不論是蒐集資料還是考察地方，她都試圖摸索出一一對應的手法，放在三段分立的結構裏頭，也不至蕪雜。

或因阿P性格的關係，第一段拍來鬆散但不失機鋒，也側寫了更多獨立樂手的處境。早段在畫面出現的文字解釋略嫌太多，但當活化工業大廈的政策，跟阿P展現的閒散並置，我們就不難發現，在這個城市，其實沒有不被干擾的安閒或委靡。人總會因加租被打發，樓宇會遭拆毀，社區會被翻新，城市一覺醒來，已經認不出自己了。所以這段拍攝觀塘的畫面，用上質感粗糙的超八毫米攝影，便頗有俛仰之間已為陳迹的感覺。中間Dejay的一段較扁平，有時節奏稍急，但她重回面目全非的石蔭邨唱歌，中途卻被路過的途人打斷的一段，也很好看。

第三段的Billy選擇的地方既然是文化中心《自由戰士》旁的廣場，他在此段的後部才現身就很合理。地方比人大，不在他的面積廣闊，而是因為他負載了一個個積壓下來的信息：那裏是「異議聲音」的聚合之處，聲援艾未未遊行之終點，《字花》六四詩歌音樂會之場地，每年六四都有人在雕像旁放下白花；去年，更有「活化廳」把雕像的名稱從《翱翔的法國人》還原為《自由戰士》的行動——以幾米高的黑布將之包裹，重新揭幕；行動一瞬即逝，有人記錄就更重要。

但撇去儀式，廣場平日也人來人往。麥海珊問了幾個問題：平時誰人會來，來到又做甚麼？由此引申，廣場是甚麼？如果自由是要素，那自由又是甚麼？至此，Billy 才在六月三日晚上的《自由戰士》身旁唱歌，此時此地，意義便更圓足，三個人於每段最後寫下那些關於「自由」的想法，到這裏也有更安穩的着落。獨立不一定等於好，正如三人的音樂我不全都喜歡。但這非重點。在香港這樣的環境，有人堅持與急促浮動的時空對抗，做自己真正想做的事情，最少值得記錄下來，讓更多人知道，匯聚力量。

雖然風格不同，但《在浮城的角落唱首歌》令我想起許鞍華在一九九七年與崔允信合導的《去日苦多》。同樣是三線訪問，《去日苦多》分別訪問了許鞍華、吳靄儀與詹德隆。三人憶述了各自的成長經歷，包括讀書生活與六七暴動，中間以影像重現了舊日的城市風貌。九七前夕，城市和裏頭的人，當然都躁動難安，所以對我來，說影片最深刻的，便是平空而來的一個簡單問題：「打不打算走？」。就算沒有上文下理，當時的人聽見問題，自都心裏明白。可惜《去日苦多》拍來過於隨意，否則一定更具時代意義。十幾年前的政治動盪令人不知應否離去；到今天，則是生活空間的壓迫令人希望久留而不得。

許鞍華的作品我沒看遍，但對上一次走進戲院，出來時會心懷敬意的，卻是因為她的《桃姐》。今次重看《千言萬語》，完場時也有同樣的敬意。他們都不能算是世上第一流的電影，但在香港這個少有把電影視為藝術的環境，有人這樣平靜克制以鏡頭對準生活，忠誠地說這地方的故事，已很值得尊敬。

《千言萬語》的背景設在七八十年代，以艇戶女子蘇鳳娣與李紹東的一段情，以及為社會公義奔走的邱明寬，和以甘浩望神父為藍本的甘仔，扣連香港十幾年來的社會運動，歷經油麻地艇戶示威被捕、水上新娘被遣返等，間以莫昭如幾段關於吳仲賢的街頭劇。劇中人物都有各自的流離與迷惘，有理想也有缺欠；在動盪的時勢，命運都無可避免會受環境左右，風高浪急，有人沒頂，有人存活，誰都不能獨立於時代之外。

今回重看《千言萬語》，我最喜歡的一段便是這個旁枝：話說邱明寬不甘長期在建制外抗爭，結果成了區議員，有次還接受電視台訪問。訪問結束，導演便走到乒乓球桌旁邊抽煙。飾演這導演的，正是許鞍華，仿佛就是昔日拍攝《獅子山下》那個許鞍華。蘇鳳娣走過去問她，那麼多東西可以拍，為何要來拍我們？許鞍華不經意地回答「搵食嘛」。

這回答真厲害。「搵食嘛」不知是幾多香港人的金科玉律，有時甚至會嘲笑自己從前冒雨上街的滿腔熱血，或認為所有抗爭都是多餘，覺得不專注搵食的人都在破壞社會的和諧穩定。許鞍華卻是口說搵食，但又做着比搵食重要的事情。若非對香港和當中的一些人有切實的關懷，真的就只為「搵食嘛」，她根本不會拍攝牽涉大量資料蒐集等硬功夫的《千言萬語》；她在戲中飾演的導演，也不會特意訪問那不起眼的區議員。但這樣一來，我們就少一部富有歷史感的香港電影：香港從來都有人做着別的事，在某角落唱着別的歌，拿着攝影機記錄別的人，或在生活的不同環節，默默延續着抵抗的精神。

《在浮城的角落唱首歌》和《千言萬語》這兩部一古一今的香港電影，末段都跟六四有關，似乎城市自有記憶，魂牽夢縈一樣圍繞底下的人。但如果六四還象徵理想的萌動與打壓，思想自由的綻放與綑綁，則他必然除了是往昔的事，也是當下的事，將來的事；曾經發生，繼續發生，如同李旺陽之遇害，以及無數為了他人的自由，而犧牲自由乃至生命的人。希望所有沉冤終都一一雪清，幾代人以血汗換取的理想，早日來臨。

《明報》 二〇一二年六月十七日

論致敬

法國導演馬爾卡（Chris Marker）數月前過身，生與死都在同月同日。在這分屬兩個世紀、相隔九十一年的七月二十九日中間，他成了一個才識兼備的藝術家，難以歸類，但開風氣，如《堤》（*La Jetée*）及《沒有太陽》（*San Soleil*）都堪稱經典。他的電影我就只看過這兩套，對他一點也不熟悉，上周倒去了上環的二手書店「實現會社」的馬爾卡放映會，看了家明選播的 *One Day in the Life of Andrei Arsenevich*，滿心感動，覺得那是一個藝術家向大師致敬的絕佳示範。

真不能隨便致敬。大師很慘，人都死了，還不時要受人以致敬之名騷擾，如同看見墳前擺滿一個個慘綠鮮黃、膠水未乾的紙紮攝影機，恨不得彈出來登報劃清界線。要致敬，最少要立志趨近馬爾卡這電影的水平，才配。

在世間所有電影導演裏頭，獨個站在金字塔頂的，我覺得就是俄羅斯導演塔可夫斯基（Andrei Arsenyevich Tarkovsky）。是他綰合繪畫、音樂、文學、劇場等傳統，游刃於回憶、寫實、想像之間，把電影藝術推到極限。除了少數導演如英瑪褒曼（Ingmar

Bergman），也沒幾個人真正稱得上跟他惺惺相惜。惺惺是聰慧之意，同樣聰慧的同代人而能相珍惜相影響的，總不會很多。馬爾卡比塔可夫斯基其實大十年有多，藝術上的取徑看來不算接近，但在這套為紀錄片系列“Filmmakers of Our Time”而拍的電影裏頭，我們不難感到馬爾卡對塔可夫斯基深深的敬重，塔可夫斯基在病床彌留之際，在旁拍攝的亦正是馬爾卡。

馬爾卡這部 *One Day in the Life of Andrei Arsenevich* 大概可譯做《安德烈的鴻爪偶留》，一九九九年拍成，在塔可夫斯基過身十三年後；昔人已去，千載悠悠。塔可夫斯基終如他電影中的人物，離地升空，卻在轉身前在雪地上七步成詩——畢生只拍七部戲，便繼承父業成為詩人，只是用的並非文字，而是光影。傳聞蘇聯的秘密警察 KGB 曾毒害塔可夫斯基，馬爾卡心思靈動，一個剪接就從塔可夫斯基臥在病床的畫面，跳到他在 VGIK 讀書時拍攝的習作，因為他和同學選來改編的，正是海明威的短篇小說〈殺手〉（“The Killers”）。這也是塔可夫斯基第一次在銀幕出現，慢步進場，安安閒閒地吹着 *Lullaby of Birdland* 的口哨。

馬爾卡講到塔可夫斯基的《犧牲》（*The Sacrifice*）的幾幕特別精彩。其時馬爾卡跟塔可夫斯基一起到了瑞典的拍攝現場，記錄他的一舉一動。拍攝如此沉重的題目，塔可夫斯基卻如此輕鬆幽默，一面動作多多與大伙玩樂，一面作興跟著名攝影師尼維斯（Sven Nykvist）一較高低，自己拿攝影機在尼維斯身後拍攝，打橫的推軌鏡頭開始，竟然就有前後兩台攝影機一起移動。就算拍攝片尾那個草原上大屋着火、眾人追逐的長鏡頭，失敗後不容有失了，塔可夫斯基卻依舊不改從容，胸有成竹。

可惜亦在此時，塔可夫斯基的健康急轉直下，需要住院。幾經艱苦終於完成了電影剪接，工作人員把電視搬到病房，塔可夫斯基第一次完整地看完《犧牲》。《安德烈的鴻爪偶留》的畫面此時一片漆黑，有人拍掌。燈開了，我們看見，塔可夫斯基在床上出神沉思。固然因為感動，但馬爾卡這裏心細如塵，將塔可夫斯基臉上的悵然，連接到他一次跟俄國作家巴斯特納克（Boris Pasternak）通靈的經驗。塔可夫斯基問巴斯特納克，自己終身會拍多少部戲。答曰：「七部。」他問，就只是七部？答曰：「是。但都是好的。」如此一來，塔可夫斯基之如有所失，便是因為目睹自己藝術生命的休止符了。

《安德烈的鴻爪偶留》不時有馬爾卡這種靈機一觸，顯然都是熟參之後的妙悟，例如他最後說，塔可夫斯基的電影，始於《伊凡的童年》（*Ivan's Childhood*）首個畫面的小孩和樹，終於《犧牲》最後一鏡的小孩和樹，是個美好循環。馬爾卡還有一厲害之處，就是靠擷取塔可夫斯基的電影片段，拍出了塔可夫斯基對前代大師的敬意。李白讀過謝朓，自言「一生低首」；鄭板橋看了徐渭，甘做「門下走狗」。塔可夫斯基之於達文西，之於巴哈，亦復如是。我相信，電影史上沒有人把達文西的畫，把巴赫的音樂，比塔可夫斯基處理得更優美動人。這才是致敬。宜乎《安德烈的鴻爪偶留》以巴哈的《馬太受難曲》作結。

以電影向人致敬，當然還有題獻一途，對象亦不限於導演。與塔可夫斯基同年出生的法國導演杜魯福（François Truffaut），一九五九年的開山之作《四百擊》（*The 400 Blows*），即是獻給改變自己一生的師父巴贊（André Bazin），因為這影評人在電影開拍一天之後不幸過身。

十一年後，杜魯福已從初生之犢變成著名導演。此時拍攝的《野孩子》（*The Wild Child*），便是獻給在《四百擊》中飾演浪蕩少年的李奧（Jean-Pierre Léaud），杜魯福還特意走進電影，親身飾演那位負責教化的師父。巴贊之於杜魯福，或如杜魯福之於李奧，只是《野孩子》對這種師徒關係似乎不無疑惑。電影的最後一鏡，是野孩子從樓梯上向下回望，眼裏一片惘然，然後畫面以圈入（iris-in）收束。這令我想起《四百擊》海邊的結尾，跑了很久的男孩眼裏正是這種惘然，然後便是最後那經典的凝鏡（freeze frame）。巴贊、杜魯福、李奧三個人，便因這兩部電影而緊緊扣連。

最後不妨舉一反例。幾年前看丹麥導演馮提爾（Lars Von Trier）的《敵基督》（*Antichrist*），最不滿的，正是他在片末煞有介事把電影獻給塔可夫斯基。《敵基督》走偏鋒不是問題，記得博客「新春秋」的倉海君，即為之寫過兩篇博學得驚人的評論，仔細展示了電影能夠引發的詮釋空間，電影的藝術性於焉建立，雖然我並不喜歡。

聰明如馮提爾，自然知道這致敬將引起的反感。他後來就在訪問說，自己初看塔可夫斯基的《鏡子》（*The Mirror*）便一看着迷，覺得與塔可夫斯基有種宗教式的扣連，及後把他的電影都反覆看了很多遍。馮提爾知道塔可夫斯基看過自己拍的第一部戲，卻極憎厭。但無論如何，馮提爾還是覺得自己與塔可夫斯基及英瑪褒曼兩人緊緊扣連，雖然明知這是一廂情願。他最後說，你把電影獻給一位導演，最少沒人會說你偷，這便教人安樂了。（If you dedicate a film to a director, then nobody will say that you're stealing from him, so this was the easy way out.）

馮提爾似乎不明白，偷竊是道德問題；把電影獻予別人，則關乎藝術家的自我定位與視野，可算是品味問題。我又想起了那些慘綠鮮黃、膠水未乾的紙紮攝影機。慨嘆一聲吾不欲觀，塔可夫斯基便與剛到埗的馬爾卡，一同哈哈兩聲，升天遠去。

《明報》二〇一二年十一月四日

老人與愛

漢尼卡（Michael Haneke）與阿巴斯（Abbas Kiarostami）電影的差別之大，就如二人戲中迴異的小孩：阿巴斯的小孩明亮可人，漢尼卡的陰陰沉沉。但二人今年的新作，碰巧都關於老人與愛。看後發現，兩部戲竟然還可以相提並論。醫學進步，藥物愈來愈好，人會愈來愈老。漢尼卡和阿巴斯，都用電影示範，單是平白地拍住一個老人生活，憐憫已會油然而生；生命慢慢枯萎，生活是如此力不從心。

最初知道漢尼卡的新戲名為《愛》（*Amour*），本有種不祥預感。這樣的導演，起個這樣的題目，一定盡力撕破偽善，充滿反諷。上一部《白色絲帶》既然把小孩拍得神秘而殘忍，今回把鏡頭對準老人，肯定更令人難堪。結果發現，不安是不安了，但漢尼卡在《愛》卻多了一種異樣的溫柔，剛強地呈現了他對衰老與死亡的態度。

有三個傑出演員和一間屋，便可拍出一部好戲。男主角杜寧南（Jean-Louis Trintignant）便是《同流者》裏的冷酷男子，也就是奇斯洛夫斯基的《紅》的竊聽老翁，今年八十歲。女主角艾曼紐麗娃（Emmanuelle Riva）便是《廣島之戀》的漂亮女子，也就是奇斯洛夫斯基的《藍》的失憶老婦，今年八十五歲。

電影開始時，消防員破門而入，女的安祥地抱着雙手躺在床上，身上布滿小花。鏡頭一轉，回到幾個月前，兩老人去了聽音樂會，然後乘車回家。那是唯一的街景，因為電影接下來的兩小時，全在他們家中發生，逐步看着二人如何走到開首的一幕。是以偶爾在窗口降臨的灰鴿、老翁的夢、油畫裏的風景、舒伯特的音樂，全成了老人與外在世界的最後聯繫。由是，老翁最後在客廳關掉音樂，意義便更重大。

《愛》的故事很簡單。一天老婦突然如機器失靈，原來是中風先兆，後來情況日壞，最終癱瘓臥病床上，老翁不斷照顧，到最後卻不忍大家繼續受苦，突然用枕頭把她焗死，然後自殺。

相對於《白色絲帶》和《暴狼時刻》，我更喜歡漢尼卡幾部以當下為背景的電影。他對種種與現代世界共生的問題，總是特別敏感。我們平時是眼不見為乾淨，他卻以電影逼人直視，不許顧左右而言他，如《愛》裏頭與到訪的親友提及老婦病況時，兩老人總是重複，不如轉轉話題吧。有次演女兒的雨蓓（Isabelle Huppert）終於按捺不住，以短促的問題，反詰要求轉個話題的父親：「例如呢？」

我們應用電影來說些甚麼話題呢？像《愛》這樣的故事，平日在新聞或也偶有所聞，不落入奇情，便落入悲情，甚或索性以變態歸納。事實是，我們都有太多禁忌，結果只能用大而化之的說法側身過去。說起生老病死，便趕忙搬出生命的尊嚴或神的安排之類。漢尼卡當然不循此路。他刪去溢美與可憐，寫實地展示戲中人在各階段的反應。老婦的健康逐幕轉壞，兩老人無可奈何，只能見步行步，被動地積極面對；同時盡量不讓外人知道，免卻再多的解釋與慰問。但到最後，老婦已經不肯進食，渴望死亡，一晚，還不斷重複着單字叫痛。

這幕很見導演與演員的功力。鏡頭寂然不動，影着老翁走到床邊，邊講故事邊安撫她。那是他的一次童年回憶：某年他需參加一個夏令營，臨行前，媽媽囑他每天寄明信片回家，報告心情：快樂的話畫花，不快樂則畫星星。結果是星多花少。故事講完，老婦安靜下來，就在最平靜的一刻，老翁便突然下手。此中心情轉變之曲折，回憶與現實、靜與動、樂與悲、愛與恨之交纏，全在同一鏡頭內完成，形式簡潔而內容深刻。不久之後，我們又見老翁買來一袋繽紛的小花，取出一束白色的，用顫震的手拿着剪刀，逐朵剪下，讓花落在洗手盆內，以水洗淨——水龍頭又長開，如同最初發現老婦不適的時候。

王爾德說，我們雖然都身處溝渠，卻總有人抬頭望星。我不肯定老翁媽媽叫他畫星是否有此寓意，卻肯定此時他手中逐一掉落的白花，已不再是花，而是最後的快樂之寄望，點點如長夜繁星。然後，老翁把房內的雜物統統拿走，並謹慎以膠紙封好房間。他就這樣一個人，為另一個人恭敬地舉行了一場無人出席的喪事，回應了電影初段，老翁提及友人那場紕漏百出場面尷尬的喪禮。雖然同樣關於集體自殺，但《愛》與漢尼卡的首部作品《第七大陸》比較，懷抱顯然不同：那次，死亡顯得荒謬而冰冷，充滿控訴；廿三年過去，這次死亡雖是意料之外，卻在情理之中，而那也正是兩位老人最後的尊嚴所在。

阿巴斯的 *Like Someone in Love* 沒有喪禮，不知有沒有死亡，但同樣有老人和愛。容許文雅一點的話，電影或可譯做《如沐春風》，稍稍改換成語的傳統意思，借春字點出了愛，風則從阿巴斯的舊作《隨風而行》及《春風吹又生》一路吹來。電影以東京為背景，講的是一個頭髮花白的老教授跟一個應召女孩的故事。女孩的男朋友誤把老人當成她的祖父，無可奈何，老人和少女唯有將錯就錯。

在《如沐春風》初段，老人不免於落寞：精心預備了一個晚上，煮好飯餸，買了好酒，難得等到少女來臨，她卻一早睡着。我們看着老人獨個把餐桌的蠟燭一一點上，過了一會，又只好一一吹熄。中段開始，電影的節奏加快，於是心急卻體貼的老人，便總是在鏡頭前走來走去，得為一波未平一波又起的事件，穿鞋脱鞋，勞勞碌碌。幾件事同時發生，他年紀又這樣大，結果便忙得一事無成：幫朋友翻譯的五行文字沒譯成，將要出版的書未及校對，煮好的湯放了在雪櫃尚未弄熱；就連後來照顧被打傷的少女時，放了在微波爐加熱的鮮奶也沒時間取出。有一幕，他把家中電話線拔掉，觀眾大概都會鬆一口氣，終於多了一分清靜，少了一項騷擾。另一幕，他駕車時無端睡着，這是死亡的預告嗎？阿巴斯留下了許多空白，正如電影的結尾。

最後一幕，老教授在屋內既要照顧受傷的少女，又要張望那個已追至門下的激動男友。窗外是一片小朋友的歡樂叫喊。突然，卻是一聲巨響，玻璃窗被石擲破，老人跌倒地上，電影就如此謝幕。這結尾的風格大異於阿巴斯之前諸作，反有點像漢尼卡。後來知道，電影原叫"The End"，這就是老人的現代啟示錄嗎？我倒想起了詩人艾略特的"The Hollow Men"。詩的最後四行，先三次重複"This is the way the world ends"，最後一句便是"Not with a bang but a whimper"。若把句中 a whimper 與 a bang 對調，四行詩也就押韻了。莫非家中生活細緻講究的老教授，生命就以這從外而至的一聲巨響戛然告終？這是老人追尋愛的後果嗎？阿巴斯沒解釋，但比對戲中住在老教授家旁，一直屈居小屋看不清外面的老婦，或又有多點頭緒。

漢尼卡今年剛好七十歲，他欣賞的阿巴斯則是七十有二。《愛》和《如沐春風》講的，都是他們的同代人。現代社會走得快，關於老人的電影卻遠遠落後，往往淪為庸俗的歌頌或悲情。再拉遠點，或許電影也如老人，早過了默片的孩提時代，要在跌跌碰碰裏摸索前行；也過了聽雨歌樓的三四五十年代，過了六七十年代意氣風發的壯年。而今垂垂老矣，面容蒼白，但還不時給人拉去化濃妝、翻筋斗。漢尼卡和阿巴斯卻在這潮流裏頭，以各自的觸覺回應現實，既幫我們認識人和世界，也幫鬢已星星的電影發現他自己的尊嚴，這都是《愛》和《如沐春風》的可貴之處。

《明報》 二〇一三年一月六日

最緊要好玩

有時見人提及某部電影，臉上那情不自禁的着緊，便要比電影裏的影像更令人深刻。究竟是甚麼打動了他？不久前，偶然跟伊力盧馬的剪接師 Mary Stephen 吃飯，她説起法國導演華達（Agnès Varda）的《沙灘上的安妮》（*The Beaches of Agnès*），對八十開外的老人還拍到活力四射的電影，臉上即有那種「真是好東西」的讚嘆。記住了戲名，打算找電影來看，便發現今年「香港獨立電影節」的回顧導演，正是華達；選播四齣電影的最後一部，就是《沙灘上的安妮》。

回顧的四部華達電影，看後覺得都充滿力量，以前竟然全部錯過。一九六一年的《五到七時的琪奧》（*Cléo from 5 to 7*），單看懷疑自己患癌的女子在琴邊從輕鬆唱到悲愴，站在全黑布景下流起淚來，然後鏡頭一下快速 zoom out 又回到光潔大廳的一場，便知導演的調度有多厲害。一九八五年的《無法無家》（*Vagabond*）講一個流浪女子，除了關於 wander 與 wither 之間的界線，悲傷與虛無的抉擇，還別有一種你睇我好我睇你好的味道；有苦自己知，不用羨慕。二〇〇八年的《沙灘上的安妮》是坦誠的自傳作品，自由穿插，歡鬧而動人。可惜我對她和她丈夫積葵丹美（Jacques Demy）的作品都不熟悉，但可想像，法國電影圈中人看見會多感觸。

四部選播作品中，我最喜歡二〇〇〇年的紀錄片《拾穗者與我》（*The Gleaners and I*）。華達拿着「撿拾」這主題，便從米勒（Millet）的名畫《拾穗者》（*Les Glaneuses*），講到現代的種種拾穗者，有的撿拾在農場任其腐爛的葡萄，有的撿拾因為生得太大而早給傾倒的薯仔，有的在城市的垃圾堆中撿蔬菜、撿家具、撿破爛，華達則提着攝錄機到處走，撿拾可資放入電影的材料。

在《拾穗者與我》，華達一早就把觀眾引進她的主觀視角，收起習以為常的控訴，以她的喜悅和靈敏觀看世界。在這眼光底下的一切事物，莫不是藝術。四處撿拾、往往太早給誤認為命苦的集體，都給還原成各有樂趣和前因的生命；生得太大也太不規則的薯仔，有的原來長成了心形，華達後來還為他們開了個展覽；就連家中天花滲水遺下的水跡，亦令華達想到一幅幅抽象畫，看久了還喜歡上來，便再無意修葺。

於是，看電影時我不禁想起了西西的散文，如《畫／話本》和近一點的《縫熊志》。西西大概比華達內斂百倍，但那創作的狀態，看上去卻很相近：創作首先都是自己喜歡的遊戲，樂在其中，再邀人一起乘坐穿梭機打個空翻，最緊要好玩。但認真才好玩，而且總有關懷，不可兒戲。充滿童趣，卻不幼稚。

《拾穗者與我》初段有一處很好看。華達訪問了兩個以撿拾超級市場丟掉的過期食物為生的漢子。他們說，食物其實還未變壞，鏡頭影住他們尋寶一樣，在垃圾筒裏撿魚撿瓜。然後鏡頭一跳，去了某高級餐廳，廚師正在煮些精緻菜式。華達問廚師，這樣會否製造大量廚餘，用剩的東西怎麼辦？廚師答，不會的，剩下的扁豆會用來弄湯，魚骨也可熬成醬汁，都不浪費。但這樣前後兩段剪接起來，未免會讓觀眾懷疑，廚師只是在推搪嗎？但華達這個級數的導演，又不可能這樣利用廚師，靠出賣一個人來表達所謂的信息。葫蘆在賣甚麼藥？原來，這廚師本身也是個撿拾者，撿拾是他祖母傳下來的學問。華達跟着他在田間撿拾他人沒收割的蔬果時，他才說，除了減少浪費，這也培養了自己對食物的判斷，向來樂此不疲。前後兩幕加起來，至此便完整了。

華達跟人的對答，少有刻意為之的機鋒，更多是自然而然的靈動。例如有一幕，她坐在一男子以撿拾回來的家具搭建的小棚子裏，跟他說，這真是個避難所。男子有點愕然：「避開甚麼？」華達脫口而出的回答，英文字幕譯做："A shelter from emptiness"，因為棚子充滿東西。但男子説，他追求的，其實是"lessen-ness"，妙語連珠。

另有一處，華達在街市發現了一個邊拾邊吃的人，拾起蔬果即放口中。有天他正在吃西芹，華達走近，將會問個甚麼問題？她問的是：「你經常吃西芹嗎？」華達這問題看似平常，卻頗令我驚喜，因為這提問似乎不在某個習套之內，或用某種句式或語氣把男子安放在既定的分類底下，直接而平等。男子説，有時吧，然後便把西芹含有的營養逐一列出。我們後來知道，他有個生物學的碩士學位，為了理念撿拾，電影接下來便講他的故事。

我很少看到如《拾穗者與我》這樣自由的紀錄片。那不是單純的衝破束縛，而真是到了「從心所欲不踰矩」的境界。熟知規矩何在，同時渾忘其中。似乎是順着直覺勾連線索，背後卻有對紀錄片之通盤把握。這種嫻熟，在《沙灘上的安妮》尤其明顯。有時抽離，如華達在展覽廳中憶及往事時哀傷起來，便不是直接對着鏡頭説話，而是用另外一部攝影機，影住自己如何對住鏡頭説話；有時介入，如她在戲中幾段戲謔的演出。華達就這樣提着攝影機，游刃在世界的肌理之中，做個輕逸的熱腸人。

《拾穗者與我》捕捉到的偶然也好看。例如，華達在一家賣舊物的店舖發現了一幅畫，走近一看，碰巧就是米勒和貝頓（Jules Breton）的兩幅《拾穗者》的結合。華達快樂地把他買了回家，臨行前還特別強調，這不是電影技倆，是真的偶爾碰見。過了一會，華達跟着友人撿拾，偶然又從垃圾堆中，發現了一個指針都已丟失的時鐘。華達看了喜歡，帶回家中，影着鐘面，只有刻數，沒有滴答，時間看似停頓。她自己，卻突然在鐘後徐徐滑過，如風乍起，吹皺平靜，像個可以把玩時空的精靈。

世界的確充滿偶然。香港獨立電影節在《沙灘上的安妮》後特設座談，我到那晚才知道，Mary Stephen 臨時成了講者之一，偶然得有始有終。說起華達人生閱歷之豐富，她提到陳安琪拍攝的《三生三世聶華苓》，另一部我最近看了覺得出色的紀錄片。華達和聶華苓那一輩人，都有不凡見識，記錄下來，有助我們隱約知道井外有天，這也是看電影的重要之處。

《明報》　二〇一三年一月二十七日

回到花蕾

香港是個有趣的地方，縱使主流大如海洋，急怒洶湧，卻總有人在不起眼處專心做細水長流的工夫。舉民間電影放映會為例，幾年前有Born Lo的「平民班房」，綜論歐洲和日本電影大師，一辦三年多；去年又見幾個有心人舉辦「馬田史高西斯學院電影會」，期望用數年時間，跟來者逐一看完史高西斯（Martin Scorsese）列出的八十五部重要電影，並深入討論。連帶其他大大小小的民間藝術活動，都為這城市的美學教育一點一滴地增補，令大家的生活有多點出路與可能。

自發的事情最有力量。真切喜愛，才能孜孜不倦，同時希望更多旁人成為同道。史高西斯放映會原先在灣仔藝鵠書店舉行，後來移師油麻地百老匯電影中心，免費參與，先看戲後討論，三月便是一年紀念。發起人之一陳浩勤打算整理一年來的成果，囑我從放映過的電影中選套寫篇評論。一看名單上的電影，便想若能寫《大國民》也不錯。

《大國民》（*Citizen Kane*）是美國導演奧遜威爾斯（Orson Welles）一九四一年的作品。那年他才二十五歲，首次執導，不得了，視野和野心都大得驚人。但威爾斯並未因此一帆風順，相反，因電影上映時的爭議，威爾斯後來只算浮浮沉沉。我覺得他後來的電影更加圓熟，像《審判》及《奧塞羅》都為文學改編立下了難以企及的水平。但正如今年其實不過三十三歲的奧雲，最經典的一幕，始終是他十八歲在世界杯對阿根廷的入球；仿佛一早站在巔峰，後來只能看着自己一路滑落，可見少年早慧亦自有其無可奈何之處。

《大國民》從主角卡恩的一字遺言"Rosebud"開始，靠他身邊不同人物的回憶和猜想，重構這個報業大亨的一生，由盛而衰，眾叛親離。他究竟是個怎樣的人，玫瑰花蕾又代表甚麼？電影就順住這些問題如花綻放，但觀眾卻如霧裏看花，無法穿越在電影首尾出現那重鐵絲網。

一個不喜歡聽歌劇的人，看見出色的歌劇，或能欣賞他的音樂燈光、布景唱腔，卻未必因而動心。這正是我昨晚重看《大國民》的感覺；我對歌劇的印象總是滿瀉。《大國民》長踞電影選舉的前列，很少人不被這電影的想像和畫面震懾，但似乎又不算很多人覺得他最刻骨銘心。當然，我未至於如片中那位聽卡恩繼妻唱歌劇時，無聊得在座位上把場刊慢慢撕碎成花的觀眾。《大國民》絕不沉悶，重看時只是覺得他有點太密太急，磅礴得令人氣喘。

關於《大國民》的資料之多，早已成為另一個守衛森嚴的堡壘。單是葛士文（Ronald Gottesman）選編的 *Perspectives on Citizen Kane* 一書，便長達六百多頁，人才濟濟，包括波赫斯（Jorge Luis Borges）、沙特（Jean-Paul Sartre）、卡露爾（Noël Carroll）等人的評論都在其中。但豐富如此，書中還是只收錄了影評人羅生邦（Jonathan Rosenbaum）的 "I Missed It at the Movies: Objections to 'Raising Kane'"，而未能收錄他所反對的影評人卡拉（Pauline Kael）那篇在一九七一年分兩期刊在《紐約客》的攻訐長文 "Raising Kane"。此外，當然還有各種圍繞《大國民》的紀錄片、訪問和傳説。

珠玉在前，本來無話可説，但早前因為十八世紀德國詩人諾瓦利斯（Novalis）兩句關於西爾斯女神（Goddess at Sais）的話，發現了他筆下一個關於 Rosebud 的故事，或有助我們理解《大國民》。

西爾斯女神象徵大自然，由希臘的阿提蜜斯（Artemis）及埃及的愛斯斯（Isis）結合而成。傳統以來，女神雕像頭部總是給一面紗遮蓋，底下則刻着：「無人能揭開我的面紗」。神秘如此，自然引發遐想。我們應該揭開大自然的面紗，直面真理嗎？諾瓦利斯自出機杼，寫過這短短一則：「其中一人成功了——他揭起女神的面紗。但他看見甚麼？他看見了——多教人驚嘆啊！——他自己。」不離開原地，就無法了解自己。諾瓦利斯關於Rosebud的故事，可算是這兩句話的變奏。

故事名為〈風信子與玫瑰花蕾〉（"Hyacinth and Rosebud"）。卻說風信子和玫瑰花蕾二人本來相戀。一日，有一神秘人突然到訪村落，並與風信子聊天，令他着迷不已，連玫瑰花蕾都忘記了。不久之後，神秘人又突然離開，風信子心情低落，輾轉決定，要隻身離開家園，尋找愛斯斯女神（Goddess Isis），並拜託父母，代自己向玫瑰花蕾告別。千山萬水，他在途上曚朧入睡。在夢中，他終於找到女神了，他又能發現甚麼？「他揭開了那輕逸發光的面紗，玫瑰花蕾便投入他的懷抱之中。」繞了一圈，眾裏尋他，又看見Rosebud。

《大國民》中的Rosebud就是卡恩童年時那部雪橇的牌子，慾望與野心尚未萌發，一部雪橇便使他感到幸福。問題是，那牌子為何要是Rosebud？從訪問得知，威爾斯對Rosebud一字的意思並不熱衷，編劇曼基維茲（Herman Mankiewicz）則謂，那象徵他童年時單車給人盜去的經歷。二人的解讀乏善可陳，何況就是第昔加（Vittorio De Sica）一九四八年的《單車竊賊》（*Bicycle Thieves*），主角那單車的牌子也偏要是饒富深意的"Fides"，因這拉丁文譯做英文，正是"Faith"；他被盜去的，何止是一部單車？有論者將Rosebud理解為《大國民》影射的報業大亨靴斯特（William Randolph

Hearst）之筆名，亦有謂那暗指女性的陰部，都嫌生硬皮相，殊不足取。

閱讀藝術作品，作者原來的想法既渺茫，也不一定重要；能為作品提供最強的解讀才是關鍵。觀眾對作品的解讀，有時可能比作者自己的還要好。我不肯定威爾斯和曼基維茲讀過〈風信子與玫瑰花蕾〉沒有，但以之詮釋《大國民》的Rosebud，意思更為圓足，因為他令電影「追尋」的主題更加深刻。萬水千山，卡恩想要的究竟是甚麼？卡恩用盡心力去追求，建立，證明，期望以一人之力對抗世界的規律，結果便成了烏托邦式的追求，目的卻不過是童年時幸福的感覺。愈是追求，就離開過去愈遠，那不是很吊詭嗎？童心已泯不可復得，混沌蒙昧都成了聰明計算，綻放的花無法變回花蕾，如此一來，卡恩能不渴望自己如風信子一樣，揭開面紗之後，Rosebud便擁入懷中嗎？於是電影結尾，雪橇上的Rosebud一字在火燄中消亡的一幕，便更淒美。

寂寞源於對世界缺乏一種歸屬感，人便被放逐永遠追尋，只能活在想像的未來。財貨再多，只覺空空蕩蕩，如何能不寂寞？於是，卡恩的遺言"Rosebud"，既是神秘意象，引發懸念；亦是千里來龍，結穴一點。不能不佩服一個二十五歲的年輕人，對生命有這樣的洞察。

《明報》二〇一三年三月三日

伊拔的兩封信

兩年前看完《生命樹》，寫過一篇名為〈宏大的承擔〉的文章，以馬力克、伊拔、荷索三個氣魄不凡的人並舉，文末引述影評人伊拔（Roger Ebert）寫給荷索的書信。在信中，伊拔以荷索獻給他的《在世界盡頭相遇》（*Encounters at the End of the World*）裏頭，一隻堅定地離群步向內陸的企鵝自喻：「但朋友啊，現在我也開始如那企鵝走向歧途了。」（"But I have started to wander off like the penguin, my friend."）今早知道，這企鵝果然隱沒在白茫茫的雪地之中；患癌十一年的伊拔日前過身，享年七十。

伊拔寫給荷索的長信，是一個影評人對一個導演半生建樹的頌歌，從二人四十年的交情說起，中間是對荷索電影的評賞，最後以"With Admiration, Roger"作結，惺惺相惜。但除了褒揚，伊拔也寫過一封貶斥的信，看後自會明白，他在博客寫的最後一篇文章，最後一句為何就是："I'll see you at the movies."

當然，在這兩封書信之間，伊拔無可避免也成為別人評論的對象，既得過如普立茲評論獎的褒揚，也有如影評人惠特（Armond White）之貶斥。惠特有篇名為"What We Don't Talk About When We Talk About Movies"的文章，把美國影評的衰落歸咎於伊拔。伊拔主持的電視節目，我看過太少，不容置喙。但惠特借事暗指伊拔的文章欠缺獨到的創見、文學風格和文化貢獻三者，我則必須反對。

第一，創見不需建基於一整套堂皇的理論之上，真有眼光的人，三言兩語之間便是識見。所以說到電影的史詩巨構（epic），一般都難忘記伊拔評論《沙漠梟雄》時的精簡界定：那無關製作費用，只關乎想法與眼界之大小（"the size of the ideas and vision"），此所以《沙漠梟雄》是史詩，荷索低成本的《天譴》也是，而《珍珠港》不是。第二，我們容易忘記，平白也是一種文學風格。伊拔的文筆清通爽朗，誠懇而不造作。其中如《去年在馬倫巴》之影評，更以配合作品的語調切入，迫近其疑幻疑真、今昔交纏的味道。第三，伊拔的文化貢獻，就更不知從何說起。他是多麼相信文化和藝術的力量，擔心好導演一不小心就誤入歧途。這在《無限春光在險峰》的評論尤其明顯。他討厭這電影，深為安東尼奧尼感到可惜，覺得他不應這樣自暴其短（"he shouldn't have exposed himself like that."）。這是充滿情感的評論，愛之深而責之切。

不過，讀到伊拔第二封信的內容，自能把惠特的三點批評一併消除。看過電影

《混亂》（*Chaos*）之後，伊拔寫了一篇評論，以沉重的告誡開始："Chaos is ugly, nihilistic, and cruel—a film I regret having seen. I urge you to avoid it." 語氣為何這樣重？因為這部關於兩個女孩被姦殺的電影，賣弄暴力，貶損生命，摧毀希望。《混亂》的製片人和導演見此，寫信給伊拔，辯稱他們不過是如實呈現世間的邪惡，令人看到真象。伊拔的回信情理兼備，值得細讀。他說，問題是這電影欠缺了藝術家對邪惡之態度，最後兩段更是擲地有聲，從希臘悲劇的淨化作用說起，引申到人因為自知必有一死，乃有藝術、神話、科學、宗教、電影等慰藉；在苦難之中，出路尤其重要。如果世界真是如此邪惡，我們就更需要藝術家、詩人、哲學家、神學家的救贖力量。辯稱有責任反映世界之邪惡，不是答案，而是投降。

原文清明曉暢，可見其文風之樸實，整段引錄如下：

> As the Greeks understood tragedy, it exists not to bury us in death and dismay, but to help us to deal with it, to accept it as a part of life, to learn about our own humanity from it. That is why the Greek tragedies were poems: The language ennobled the material. Animals do not know they are going to die, and

require no way to deal with that implacable fact. Humans, who know we will die, have been given the consolations of art, myth, hope, science, religion, philosophy, and even denial, even movies, to help us reconcile with that final fact. What I object to most of all in '*Chaos*' is not the sadism, the brutality, the torture, the nihilism, but the absence of any alternative to them. If the world has indeed become as evil as you think, then we need the redemptive power of artists, poets, philosophers and theologians more than ever. Your answer, that the world is evil and therefore it is your responsibility to reflect it, is no answer at all, but a surrender.

企鵝遠去，伊拔已逝。但他終沒投降，畢生在評論持守這人文關懷，以其創見、文風和承擔為電影把關，希望這並不圓滿的世界更理想和可愛；在創作生涯留下的最後一字，正是：movies。

《明報》二〇一三年四月七日

積風集

作者／郭梓祺
封面題字／萬偉良
封面及插畫／區華欣
校對／陳以璇
總編輯／葉海旋
初版助理編輯／羅海珊
再版編輯／周詠茵
設計／samwong
出版／花千樹出版有限公司
地址：九龍深水埗元州街二九〇至二九六號一一〇四室
電郵：info@arcadiapress.com.hk
網址：http://www.arcadiapress.com.hk
印刷／美雅印刷製本有限公司
初版／二〇一三年六月
再版／二〇二四年三月
ISBN: 978-988-8789-26-9